POP
CORN
BOOKS

ANDREW SEAN

GREER

THE STORY

OF

A MARRIAGE

ЭНДРЮ ШОН

ГРИР

ИСТОРИЯ ОДНОГО СУПРУЖЕСТВА

Перевела с английского Анна Савиных

POPCORN BOOKS

Москва

УДК 821.111
ББК 84(7Сое)
Г82

THE STORY OF A MARRIAGE
by Andrew Sean Greer

Грир, Эндрю Шон.

Г82 История одного супружества : [роман] / Эндрю Шон Грир ; пер. с англ.
А. Савиных. — Москва : Popcorn Books, 2022. — 224 с.

ISBN 978-5-6046530-5-0

Перли — молодая домохозяйка, жена бывшего военного со слабым сердцем
и мама малыша, вскоре после рождения заболевшего полиомиелитом. Однажды на пороге ее дома появляется незнакомец, который переворачивает
ее жизнь с ног на голову. Крепкий, казалось бы, брак Перли рушится у нее на
глазах — она не способна поверить в то, что никогда до конца не знала собственного мужа. Сможет ли Перли смириться с неожиданным прошлым своего
возлюбленного и будет ли готова бороться за его сердце и душу?

УДК 821.111
ББК 84(7Сое)

ISBN 978-5-6046530-5-0

I

Мы думаем, что знаем тех, кого любим.

Наших мужей, наших жен. Мы их знаем — а иногда ими становимся. Вдруг слышим, как на вечеринке говорим их голосом, высказываем их мнения, рассказываем историю, которая произошла вовсе не с нами, а с ними. Годами за ними наблюдаем: вот так они беседуют, так ведут машину, так одеваются, так макают кубик сахара в кофе, глядят, пока он из белого не станет коричневым, а потом удовлетворенно роняют его в чашку. Я каждое утро смотрела, как это делает мой собственный муж. Я была внимательной женой.

Мы думаем, что знаем их. Думаем, что любим их. Но оказывается, мы любим плохой перевод, сделанный нами же с едва знакомого языка. Мы пытаемся пробиться сквозь него к оригиналу, к настоящему мужу или жене, но это никогда не удается. Мы всё видим. Но что мы понимаем?

Однажды утром мы просыпаемся. Рядом на кровати лежит знакомое спящее тело, но внезапно это чужак. Для меня такой момент настал в 1953 году: я стою посреди собственного дома и смотрю на существо под личиной моего мужа.

Может быть, супружество нельзя увидеть. Как те гигантские небесные тела, невидимые человеческим глазом, оно выдает себя только гравитацией — притягивает к себе все вокруг. Так я думаю. Я думаю, нужно рассмотреть все, что есть рядом, все тайные истории, все невидимые вещи, и тогда где-то в середине, словно темная звезда, наконец обнаружится оно.

История моего знакомства с мужем и та непроста. Мы знакомились дважды: сначала на родине, в Кентукки, потом на пляже в Сан-Франциско. Мы всю жизнь потом шутили, что два раза были незнакомцами.

Я влюбилась в Холланда Кука подростком. Мы с ним росли в одной фермерской общине, где было множество мальчишек, влюбляйся не хочу, — а я в ту пору была словно амазонская лягушка: ярко-зеленая, а изо всех пор так и сочатся эмоции, — но я не привлекала ничьего внимания. В других девочек мальчишки влюблялись. А я причесывалась в точности как они и пришивала к подолам оборки, отпоротые от платьев с чердака, но это не помогало. Собственная кожа стала мне тесна, как платья, из которых я вырастала. Я казалась себе неуклюжей дылдой. Никто не говорил мне, что я красивая, — ни мама, ни вечно недовольный отец, — и я решила, что я дурнушка.

И когда появился мальчик, который смотрел мне в глаза, провожал из школы и напрашивался в дом на кусок хлеба, я не знала, что и думать. Ему что-то от меня было нужно — это я понимала. Почему-то я решила, что он хочет от меня помощи с уроками, и очень старалась прятать тетради и не садиться с ним за одну парту — вот еще, я ему не шпаргалка. Но он, конечно, хотел не этого, он всегда хорошо учился. Вообще-то он так и не сказал, что ему было нужно, ни тогда, ни потом, но мужчину судят не по словам. Его судят по делам, и одним ясным майским вечером, когда мы шли мимо клубничных грядок, он взял меня за руку и не отпускал до самого Чилдресса. И все, хватило одного краткого прикосновения: в то время нервы у меня были снаружи на коже, как оголенные провода. Конечно, я пропала.

Когда началась Вторая мировая, я была с Холландом. Ему нравилось, что я «говорю как книжка», а не как остальные девочки. И когда пришла его очередь идти в армию, я проводила его до автобуса и смотрела, как он уезжает на войну. Горевала я в одиночестве.

Мне не приходило в голову, что я тоже могу уехать, пока к нам домой не пришел государственный служащий и не назвал мое имя. Я сбежала по лестнице в своем линялом сарафане и увидела очень краснощекого, чисто выбритого мужчину с золотым значком в виде статуи Свободы на лацкане — я страшно захотела такой же. Его звали мистер Пинкер. Он выглядел как человек, которого положено слушаться. Он стал мне рассказывать о работе в Калифорнии и о том, что на заводах нужны сильные женщины, такие как я. Его слова были как дыра в занавесе, и сквозь нее открылся вид на мир, который я даже вообразить не могла: самолеты, Калифорния — словно соглашаешься лететь на другую планету. На мое «спасибо» он ответил: «В качестве благодарности вы можете оказать мне одну услугу». По молодости я совершенно не придала этому значения.

— Первая умная мысль, которую я от тебя слышу, — сказал отец, когда я обмолвилась об отъезде. Не помню, чтобы он когда-нибудь смотрел мне в глаза так же долго, как в тот день. Я собрала вещи и покинула Кентукки навсегда.

Я ехала в Калифорнию автобусом и видела из окна реку в разливе — мили и мили деревьев вдоль дороги, растущих прямо из воды. Ничего подобного я раньше не видела. Казалось, мир кто-то заколдовал, а мне забыли сообщить.

Услуга, о которой меня попросил мистер Пинкер, была очень простой: он хотел, чтобы я ему писала. О девушках на судоверфи и самолетах, о разговорах вокруг, о бытовых вещах: что мы ели, во что я одевалась, что я видела. Я смеялась, не понимая, зачем это ему. Теперь я могу посмеяться разве что над собой: правительство, очевидно, интересовалось подозрительной деятельностью, но мне он об этом не сказал. Он велел притвориться, что я веду дневник. Я выполняла обещание, я продолжала писать ему, даже когда перешла со своей первой работы в подразделение резервисток-добровольцев. Там почти не было девушек из таких мест, как мой город. Мы мазали прыщавые лица «Нокземой», трясли попами под радио, привыкали к кока-коле вместо кофе по карточкам и к китайской еде вместо гамбургеров. Каждый вечер я садилась и пыталась все это записать, но жизнь виделась мне скудной и недостойной описания. Как и многие, я была глуха к собственным историям. И я стала их выдумывать.

Моя жизнь была мне неинтересна, но я читала интересные книги, их-то я и пускала в дело, воруя подробности у Флобера, Форда и Фербер. Интриги, горести и краткие яркие радости: прекрасный вымысел на благо страны, скрепленный ложью и умолчанием. Я делала свою работу хорошо: оказывается, именно они и скрепляют страну. Писала почерком, которому научила мама, — высоким, благонадежным, правдивым, — подписывалась особым вензелем П (вместо Перли), который изобрела в девять лет, и отправляла м-ру Уильяму Пинкеру, округ Колумбия, Вашингтон, Холли-стрит, дом 62.

— Бабушка, что ты делала в войну?

— Я лгала своей стране, притворяясь, что стучу на друзей.

Уверена, таких, как я, были тысячи, уверена, это была информационная служба для одиноких сердец. Воображаю рекламу: «Становись стукачом... мистер Пинкер ни при чем!»

Потом война кончилась, а с ней и работа для женщин на заводах и во флоте. Я уже давно перестала писать в Вашингтон. У меня были проблемы поважнее: чтобы прокормиться, я брала шитье на дом. И однажды, гуляя по берегу океана, я прошла мимо моряка, который сидел на скамейке. У него на коленях лежала книга обложкой вверх, как фиговый листок, а сам он безотрывно смотрел на море.

Я почти ничего не знала о мужчинах и очень удивилась, увидев на красивом квадратном лице такое отчаяние. Я узнала его. Это мальчик, который держал меня за руку до самого Чилдресса, который отдал мне, хотя бы ненадолго, свое сердце. Холланд Кук.

Я поздоровалась.

— О, привет, Сара, как себя чувствует собака? — дружелюбно отозвался он. Ветер стих, словно, как и Холланд, не узнавал меня. Меня зовут не Сара.

На какое-то время мы застыли в устрично-сером воздухе: его улыбка медленно гаснет, моя рука придерживает у горла лацкан пальто, яркая косынка полощется на ветру, а в животе нарастает тошнота. Я могла двинуться дальше, просто уйти — он никогда бы не узнал, кто я такая. Просто какая-то странная девушка, растворившаяся в тумане.

Вместо этого я назвала свое имя.

Тут ты меня узнал, правда, Холланд? Свою детскую любовь. Перли, которая читала тебе стихи, которую твоя мать учила играть на пианино, — так мы познакомились во второй раз. Внезапное воспоминание о доме, открывшееся как книжка-игрушка. Мы поболтали, он даже немножко рассмешил меня, а когда я сказала, что мне не с кем пойти в пятницу в кино, и спросила, не хочет ли он, он ненадолго замолчал, а потом посмотрел на меня и тихо сказал: «Хорошо».

Возникнув тем вечером на пороге моего общежития, он меня шокировал. Тусклая лампочка освещала измученного мужчину с пепельно-серой кожей, со шляпой в руках и в небрежно повязанном галстуке. Спустя много лет он утверждал, что не помнит даже, во что он и я были в тот вечер одеты: «Кажется, в зеленое платье?» Нет, Холланд, в белое с черными розами, этот рисунок увековечен в моей памяти рядом с рисунком обоев нашего медового месяца (бледно-зеленые гирлянды). Я решила, что он, наверное, пьян, и испугалась, что он сейчас рухнет, но он улыбнулся и предложил взять его под руку, а после кино повел меня в хороший ресторан в Норт-бич. За ужином он почти не ел и не говорил. Он и смотрел-то на меня еле-еле и не замечал, как на нас глазеют другие посетители. Сам он неподвижно смотрел на двух чугунных собак, сидевших перед незажженным камином. Так что, когда мы доехали на трамвае до моей остановки и пришла пора прощаться, я удивилась тому, что он быстро повернулся и поцеловал меня в губы. Меня пронзил электрический импульс счастья. Он шагнул назад, часто дыша, и застегнул пиджак, собираясь уходить.

— У меня встреча с другом, — сказал он отрывисто.

— Холланд, — сказала я.

Он оглянулся, словно я дернула его за ниточку.

— Холланд, — повторила я. Он ждал. И тут я единственный раз в жизни сказала правильную вещь: — Позволь мне о тебе заботиться.

Его глубоко посаженные глаза проснулись. Может быть, он решил, что я хочу напомнить о том, что было в Кентукки, что я протягиваю ему мягкую нить прошлого? Между бровей пролегла темная линия.

— Ты меня не знаешь по-настоящему.

Я ответила, что это неважно, но имела в виду, что он ошибается. Я знала его, конечно же, знала о нем все еще с тех пор, как мы жили в нашем удушающем городке: траву позади школьного двора, в которую мы тыкали палками, дорогу от Франклина до Чилдресса сквозь заросли ведьмина ореха, недотроги и ипомеи, лед, дрожащий в летнем кувшине лимонада, который делала его мама, — утраченный мир, который помнила только я. Здесь мы были так далеко от дома. Куда никогда не сможем вернуться. Кто может знать его лучше меня?

Я действовала инстинктивно. Я хотела только, чтобы он не сходил с тех блестящих трамвайных рельсов.

— Позволь мне снова о тебе заботиться.

— Ты серьезно?

— Знаешь, Холланд, я не целовалась ни с кем, кроме тебя.

— Это неправда. Столько лет прошло, Перли. Столько всего изменилось.

— Я не изменилась.

Он немедленно взял меня за плечо и прижался губами к моим.

Через два месяца, стоя на тех же рельсах, он прошептал:

— Перли, мне очень нужно, чтобы ты за меня вышла.

Он говорил, что я ничего не знаю про его жизнь, и, разумеется, был прав. Но я за него вышла. Он был слишком красив, чтобы его потерять, и я любила его.

В моем муже люди первым делом замечали внешность. Высокий, темнокожий, с обезоруживающей улыбкой, которая, кажется, не может ничего скрывать. Такая непринужденная красота, которую не портят ни усталость, ни болезнь, словно драгоценность, выкованная из золота, — если ее согнуть или расплавить, она все равно останется безупречной, красивой вещью. Вот как я его видела — еще с тех пор, когда девочкой разглядывала его в классе. Но не только я, все остальные видели его так же.

Красота — кривое зеркало. Людей с такой внешностью, как у него, всегда встречают улыбками, им жмут руки, на них бросают взгляды и задерживают их дольше обычного. Его улыбку и лицо не так просто забыть. Даже в том, как он держал сигарету или наклонялся завязать шнурок, была своя мужская грация: его хотелось нарисовать. Какая искаженная, путаная жизнь. Тебя берут на работу, предлагают подвезти, дают бесплатную выпивку — «за счет заведения, красавчик», — ты входишь в комнату и чувствуешь, как меняется атмосфера. Куда бы ни пошел, на тебя смотрят. Люди мечтают тобой владеть, и ты к этому привыкаешь, тебя хотят прямо сейчас, немедленно, постоянно — а сам ты так и не узнаешь, чего хочешь ты.

И он стал моим, как это ни невероятно.

Что бы я рассказала вам о муже в те молодые годы, в начале брака? Только то, что у него чудесный баритон. И что он не разбавляет виски. Что он может одолжить незнакомцу двадцать долларов, если тот покажется ему парнем что надо; что позже, когда у нас родился сын, он тщательно следил за его здоровьем, и всегда вызывал доктора, когда мы волновались, и нежно мылил ноги Сыночка в ванне, как будто так и надо. Всегда хорошо одевается, пахнет кожей и деревом, как любимое пальто или дорогая мебель. Он любил курить, но терпеть не мог, когда его за этим занятием видели — наследство армейских дней, — и я заставала его подпирающим косяк двери веранды с отсутствующим лицом, правая рука праздно висит со стороны дома, левая разгоняет дым. В точности так Калифорния опирается на Тихий океан. Он каждый раз целовал меня на прощание утром и при встрече в шесть вечера, он тяжело работал, чтобы нас обеспечивать, он чуть не отдал жизнь, сражаясь за свою страну. Преданный, порядочный. Солдат. Американские добродетели. Все это правда, конечно, хотя ничуть не приближает нас к реальному человеку. Все это — просто слова, которые пишутся на надгробии. Вообще-то их и правда написали на надгробии Холланда Кука.

Сразу после нашей помолвки в мое общежитие явились тетушки Холланда. Элис и Беатрис на самом деле были ему не тетками, а старшими кузинами-близняшками. Когда он переехал в Сан-Франциско, они объявили, что станут ему матерями, и забрались в его жизнь, как кошки некстати забираются в складки неубранной постели.

Они повели меня на изысканный ланч и сообщили, что до свадьбы с Холландом мне следует кое-что о нем узнать. Декорации были прекрасные. Мы сидели в особой зоне буфета в универмаге, получив от ворот поворот в двух других. Мы на четыре этажа вознеслись над Юнион-сквер, над нашими головами висел огромный корабль из цветного стекла, а повсюду жужжали престарелые официанты в пиджаках. В те времена в универмагах были художественные галереи в ротондах и библиотеки, где книги можно было купить или взять почитать. Вообразите времена, когда в «Мэйсиз» брали книжки! Я сидела в этой сверкающей комнате, а две чопорные старухи глядели на меня со странной печалью на лицах. Я была юна и напугалась до смерти.

— Мы должны кое-что сообщить тебе о Холланде, — сказала одна (тогда я еще не научилась их различать), а другая кивнула. — Он очень болен. Я уверена, он тебе не сказал.

— Болен?

Они переглянулись — по молодости я не поняла, что это может означать, — и Элис сказала:

— Это не лечится.

— Ему стало лучше, но это не лечится, — повторила ее близняшка. Позднее я узнала, чем они различаются: старшая родилась с пятном, а младшей через тридцать лет разбил сердце женатый мужчина. Словно это тоже могло оставить отметину.

Я посмотрела в тарелку и увидела, что съела все прекрасные поповеры.

— У него была тяжелая жизнь, — вставила Элис, по-моему, совершенно невпопад. — Война, смерть матери…

Тут она расплакалась, глядя в огромное окно с видом на памятник Дьюи и его победе в Тихом океане.

Я спросила, чем именно он болен. Младшая тетя прижала руку к губам, как старинная статуя, и сказала, что это дурная кровь, порочное сердце, и лечения от этого нет.

— Но, — сказала я, — но я буду о нем заботиться.

— Мы слышали, как ты заботилась о нем в войну, — сказала Беатрис.

— Да, — аккуратно сказала я. — Я и его мама.

Она посмотрела на меня колючим взглядом. Я была в том возрасте, когда верят во всевозможную чушь, в том числе в то, что старшие — простодушные дураки, а женщины — это те же дети и обращаться с ними надо нежно и ласково, и только ты сама, которая, в конце концов, целовала вернувшихся с войны солдат, знаешь все на свете. Так что хоть я и слышала, что́ эти женщины говорили своими высокомерными голосами, но совершенно их не слушала.

— Мисс Эш, — сказала старшая тетя и назвала меня по имени: — Перли. Мы на вас рассчитываем. Не спускайте с него глаз. Вы знаете, как он любит развлекаться, наверняка это его и убьет. Мне не нравится, что он забирает себе наш старый дом в Аутсайд-лэндс, меня это беспокоит, но, думаю, ему пойдет на пользу пожить вдали от города, на океанском воздухе. Ему не придется ни ездить в центр, ни тревожиться о прошлом. Ему должно хватать семьи, Перли. Должно хватать вас.

— Ну конечно. — Я не могла взять в толк, о каких тревогах они говорят. Меня отвлекал официант, темнокожий мужчина, приближавшийся к нам с улыбкой на лице и сложенной салфеткой в руке. — Я не знаю ни про какие прошлые беды. Нам неинтересны всякие глупости. Не за это он сражался на войне.

Я говорила очень осторожно, решив упомянуть его военное прошлое как доказательство против его якобы слабости.

Элис, однако, почему-то очень разволновалась. Она задышала шумно и длинно, как грот на приливе, и уставилась в стол прямо перед собой. Сестра взяла ее за руку, а она затрясла головой. Ее украшения мерцали в сером дневном свете. Затем она сказала кое-что, и я тут же решила, что ослышалась, слишком абсурдно, слишком безумно это было, но, прежде чем я попросила повторить, нас прервали. Появилась их подруга, дама в вычурной шляпке с фазаньим пером, и стала спрашивать обеих мисс Кук о Фестивале нарциссов: как они думают, в этом году будет больше цветов, чем обычно, или меньше? Было решено, что меньше — из-за зимней погоды. Пока они беседовали, прибыл официант и отдернул передо мной свою салфетку, открыв гору горячих поповеров, лоснящихся, как бронзовый доспех. В то время казалось так прекрасно — быть молодой.

———————

Сожмите правую руку в кулак — вот он, мой Сан-Франциско, стучащий в Золотые ворота. Мизинец — это солнечный даунтаун на заливе, а большой палец — наш Оушен-бич на берегу синего океана. Район назывался Сансет. Там мы и жили и растили сына — в старом доме, сидящем, как неграненый алмаз, посреди тысячи новых домов, построенных для ветеранов войны и их семей в той части города, где до окончания войны никто ничего не строил. Затем холмы сровняли, поверх песка насыпали земли и построили сетку улиц и низких пастельных домиков с гаражами, черепичными крышами и венецианскими окнами, сверкавшими на солнце рядами, — все пятьдесят авеню до самого океана. Казалось, что ты живешь на обочине всего. Однажды «Кроникл» опубликовала карту Сан-Франциско после ядерного взрыва — если на него упадет бомба — с зонами пожаров и разрушений. Из всех районов выжил только Сансет.

Когда мы туда переехали, сразу после войны, было столько пустых участков, что песок прямо-таки блестел в воздухе, и за ночь могло полностью занести весь огород. Поверх шума прибоя по утрам иногда было слышно, как ревут львы в зоопарке. Было совершенно непохоже на остальной город — ни холмов, ни видов, ни богемы, ничего итальянского или викторианского, на фоне чего хочется сфотографироваться. Новый образ жизни, отделенный от центра города не просто горой с одним тоннелем. Мы жили на самом краю континента, и туманы там такие густые и серебристые, что увидеть закат в Сансете почти невозможно, а любой яркий свет оказывался трамваем, который выбирался, как шахтер, из тоннеля и с довольным видом плыл к океану.

Была суббота. Шел 1953 год, оставались считанные недели до того, как мы увидим по телевизору присягу президента Эйзенхауэра и Ричарда Никсона, первого правительства на нашей памяти, которое не возглавлял — лично или загробно — Франклин Делано Рузвельт. Мы смотрели инаугурацию, полные тревог о войне в Корее, расовом вопросе, Розенбергах, скрывающихся среди нас коммунистах и заготовленных русских бомбах, подписанных, как вудуистские амулеты, нашими именами: Перли, Холланд, Сыночек. Мы смотрели и говорили себе:

Помощь идет.

Существует образ пятидесятых годов. Это юбка-полусолнце, бойкоты автобусов и Элвис, это молодая страна, невинная страна. Не знаю, откуда взялся столь неверный образ, должно быть, в памяти все слилось, потому что все это пришло позже, когда страна изменилась. В 1953 году не изменилось ничего. Призрак войны не думал рассеиваться. Фторирование воды казалось ужасным нововведением, а «Вулворт» на Маркет-стрит — прекрасным. Тогда пожарные еще носили кожаные шлемы, Уильям Платт, разносчик сельтерской, еще оставлял у нас на крыльце пузырящиеся бутылки, молочник еще водил свой старомодный фургон с золотыми буквами на боку — «Спрекельс Рассел» — и, хоть это кажется невероятным, продавец льда все еще таскал прямоугольные глыбы своими средневековыми щипцами, как дантист, удаляющий зубы китам, и объезжал последние оставшиеся дома без холодильников. Старьевщик и точильщик, зеленщик, угольщик и чистильщик, торговцы рыбой, хлебом и яйцами — все они ходили по улицам и перекрикивались: «Старье берем!» — «Точу ножи-ножницы!» Эти звуки исчезли навсегда. Никто никогда не слыхал ничего более дикого, чем большой оркестр, никто не видал, чтобы у мужчины волосы отросли ниже ушей. Мы всё еще учились жить на войне после войны.

Матери жили словно в Средневековье. Мой трехлетний Сыночек играл с папой во дворе, и я услышала крики. Прибежала в беседку и увидела моего мальчика без сознания. Муж качал его на руках, утешая перепуганного малыша, а мне велел позвать врача. Тогда никто не знал, откуда берется полиомиелит и что с ним делать. Врач сказал, что его «приносит лето» — невероятный диагноз для города, в котором лета нет. В качестве лечения он назначил шины на ноги, постельный режим и горячие полотенца, и я делала все это неукоснительно, а кроме этого, единственным нашим утешением были церковные службы, где плачущие матери держали в руках детские фотокарточки. Это не было временем свежести и свободы. Это было время страха, во многом похожее на войну. Чудо, что мы не носились по улицам, вопя от ужаса и поджигая соседские дома.

Вместо этого мы прятали свои страхи. Как мама прятала локон волос ее умершего брата у горловины воскресного платья с высоким воротом, в специально пришитом кармашке. Нельзя каждый день горевать и ужасаться, тебе этого не позволят, тебе нальют чаю и посоветуют жить дальше, печь пироги и красить стены. Едва ли за это можно винить — в конце концов, мы давно знаем, что если на троне, как безумный король, воссядет горе, то мир рухнет, а города заполонят дикие звери и ползучие лианы. Так что надо позволить себя уболтать. Пеките пироги, красьте стены и улыбайтесь, покупайте новый холодильник, словно у вас теперь есть планы на будущее. И тайно — ранним утром — пришивайте кармашек к своей коже. В выемке у горла. Чтобы каждый раз, когда вы улыбаетесь, киваете, сидите на родительском собрании или наклоняетесь за упавшей ложкой, вам становилось бы больно и вы понимали бы, что не «живете дальше». И даже не собираетесь.

«Жить в трагическое время — все равно что жить в стране трагедии», — писал поэт.

Но я должна признаться, что любила наш дом. В конце концов, я сама его выбрала. Наперекор теткам я заставила Холланда забрать себе тот старый дом в Сансете, и поначалу он был просто воплощенной мечтой. Дом с двориком, комната, которую Сыночку не приходилось ни с кем делить, ковры, складные ставни и даже щель за зеркалом в ванной, куда Холланд прятал бритвенные лезвия. Просто чудо: дом, который все заранее предусмотрел. Тогда, в юности, я ни за что бы не поверила, что все настоящие события моей жизни произойдут в том заплетенном лозами доме, — так установщик телефонов не может сказать молодоженам, что из этого блестящего аппарата к ним придут и самые счастливые, и самые печальные новости. Даже сейчас трудно представить, что миленькая пастушка из черного дерева, подаренная нам вскоре после свадьбы тетушками Холланда и стоявшая на книжной полке, наблюдала своими нарисованными глазами за каждым моим жизненным решением. Как и бамбуковый кофейный столик. И «разбитый горшок», изготовленный Сыночком из стакана, изоленты и шеллака. Валянная из шерсти кошка, поломанные каминные часы. Они наблюдали за мной все шесть месяцев той истории, и в час моего суда их, конечно, призовут в свидетели.

А о том, что тетка Холланда сказала мне тогда за чаем с поповерами, я давно решила забыть. Все мои мысли за-

19

нимали замужество, и новый дом, и уход за ребенком. Было не до воспоминания о старухе, крикнувшей сдавленным голосом:

— Не делай этого! Не выходи за него!

Шел 1953 год. Была суббота.

Миновали четыре года счастливого брака, а тетушки никуда не делись из нашей жизни. Со временем они стали дороднее, а головы с острыми подбородками почему-то казались еще больше. Словно две кэрролловские Герцогини, они шуршали своими шляпами, рассказывая мне что-то, сидя за кухонным столом. Под ним, укрытый яблочно-красной клеенкой, лежал мой мальчик.

— Перли, мы же забыли рассказать тебе про убийство! — сказала Элис.

— Ужасное убийство! — подхватила Беатрис, которая в это время надевала шляпу, зажав в руке булавку, как гарпунщик.

— Да, — сказала ее сестра.

— Ты не слыхала? — взволнованно спросила Беатрис. — На севере?

Я покачала головой и взяла в руки газету, держа наготове ножницы. Солнце светило сквозь кухонное окно, захватанное сынишкиными пальцами. Было два часа дня, в моих ушах все еще стоял звук велосипедного звонка.

— Перли, это было убийство, — попыталась вклиниться Элис.

— Женщина пыталась добиться развода...

— Это было в Санта-Розе...

Беатрис воздела руки к небу, булавка сверкнула, как стрекоза, замерла на мгновение и ринулась вниз, вторя ее словам.

— Такое бывает сплошь и рядом. Она хотела развестись с неверным мужем. Это, как ты знаешь, непросто. И вот она вместе с адвокатом по этим делам поехала в домик, где ее муж прятался со своей... с этой... ну ты знаешь...

— Со своей интрижкой на стороне, — заполнила пропуск сестра.

— С любовницей, Перли, с любовницей, — провозгласила Беатрис, не дав себя превзойти.

Беатрис улыбнулась, глядя под стол, где прятался мой сын. Он сидел там уже час — без игрушек, без собаки (собака лежала у моих ног), и для меня это было невероятной загадкой. Мое дитя было совершенно счастливо, сидя под скатертью. Помню, я подумала: он вылезет, когда остановится посудомоечная машина. Это было излишество — подарок тетушек. Они болтали, а я стояла и слушала, как рядом крутится и бормочет эта машинка, словно во сне, от которого мы вскоре очнемся.

Я спросила, была ли та женщина чернокожей.

— Какой? Нет, жена была белая, и любовница тоже. Не знаю, с чего ты решила...

— Во всяком случае, — продолжила старшая сестра, переходя к самому интересному. Она всплеснула руками и указала на окно, выходящее на улицу, словно все произошло прямо здесь, в этом самом доме. — Во всяком случае, она, и сыщик, и фотограф, все они пробрались в тот домик, чтобы все сфотографировать. Для развода ей, ну ты знаешь, требовались доказательства... неверности... Для развода. Нужно было фото мужа и его...

— И они вломились! — крикнула Элис. — И камера со вспышкой! И что бы ты подумала...

— А у него был пистолет. Он решил, что это грабители, — теперь они говорили одновременно.

— Конечно. Конечно, решил!

— Кто же еще вламывается в дом?

— А кто еще?

— И тогда, — Беатрис говорила, и обе они надевали свои соломенные шляпы, — и тогда он застрелил свою жену насмерть. — Она посмотрела мне в глаза. — Прямо насмерть! Булавки вонзились в шляпы.

— Такое бывает сплошь и рядом! — сказала Элис.

Пока они рассказывали свою леденящую кровь историю, я сидела в своем платье на пуговицах под длинным окном с оборкой из вьющихся лоз. На этом месте я каждый день сидела и цензурировала газету для мужа. Я должна была закончить до того, как он придет со своей внеурочной работы, чтобы оставить ему газету с одними хорошими новостями. Это была одна из многих вещей, которыми я гордилась, которые делала ради здоровья Холланда, ради его сердца. Легко смеяться над тетушками, но в тот день много лет назад, за ланчем, когда младшая так разволновалась — «Не выходи за него!», — они явно пытались мне помочь.

Однако по своему упрямству я решила игнорировать бедняжек и делать все от меня зависящее для благополучия Холланда. У этих женщин никогда не было мужей — откуда им знать, что он для меня значит.

И вот мое воображение, этот беспечный художник, извлекло из ее предостерегающих слов — «дурная кровь, порченое сердце» — образ смещенного органа. Я уверила себя, что он болен. Я представляла себе экран в затемненной аудитории мединститута: бедный Холланд, родившийся с пороком, с сердцем, висящим справа, как вишенка. Я представляла Холланда в разрезе, с внутренностями, подогнанными друг к другу, как пазл, и лектора, постукивающего по его грудной клетке: «Ген правосторонности встречается в одном случае на десять тысяч». Прекрасный образ, вокруг которого можно построить жизнь. Я гордилась своим необычайным мужем и необычайными супружескими обязанностями: следить, чтобы он был в безопасности, а еще лучше, чтобы не подозревал об опасности. Здоровьем можно наслаждаться только в блаженном неведении о риске его потерять. В этом оно похоже на молодость.

К обязанностям я относилась серьезно. С молчаливого одобрения Холланда я создала тщательно продуманную систему защиты его сердца. Перво-наперво я превратила дом в храм тишины. Телефон издавал не звонок, а своеобразное мурлыканье, а дверной жужжал (вы вскоре это услышите), и я купила будильник, который по утрам начинал эротично вибрировать; я даже ухитрилась найти собаку, которая не лает. Прочла в газете о том, что вывели такую породу, и постаралась найти заводчика. Молчаливый пестрый Лайл сидел на полу кухни у моих ног, закрыв глаза от удовольствия просто быть со мной рядом. Запрещать шуметь Сыночку не было необходимости — он родился тихим, словно был лекарством для мужниного сердца. Следить мне нужно было только за собой, и я никогда не повышала голоса. Я подспудно знала, что муж будет потрясен и что это пойдет вразрез со всем, о чем я клялась, вступая в брак, так что я заглушила в себе все, что нельзя было описать словами «мягкая» и «добрая».

Итак, в ту субботу моей задачей было перехватить газету и прочесть ее до того, как Холланд успеет найти в ней что-нибудь неприятное, шокирующее — то, что сможет разбить его хрупкое смещенное сердце.

— Убить собственную жену... — снова начала старшая.

— Ой, хватит об этом, Беатрис. Не сегодня. Не при мальчике.

Старуха коварно улыбнулась:

— А вот я не уверена, что жена сама не виновата!

— Беатрис!

С улицы донесся звон трамвая, и обе дамы машинально посмотрели на часы.

— Нам пора бежать! — сказала Беатрис. — Мы не сможем дождаться Холланда. Не знаю, зачем ты позволяешь ему подвозить эту Делон. Это не доведет до добра.

При упоминании имени я вновь вспомнила тот велосипедный звонок.

— Мы тебя любим, Перли, — сказала ее сестра, застегивая пояс. — Присматривай за нашим Холландом.

Я попросила Сыночка вылезти и попрощаться, но они зашикали на меня и сказали, что это неважно, все мальчики такие.

— Прощай, дорогуша, — сказали обе и расцеловали меня.

Спустя две минуты и два поцелуя мы остались одни. Спустя еще десять минут дверной звонок зазвенит — или заворкует, скорее заворкует, как печальная голубка, — наш пес Лайл взовьется в воздух, я открою дверь, и за ней будет стоять тот незнакомец:

— Здравствуйте, мэм. Надеюсь, что вы мне поможете.

Слова самые обычные, но они всё изменят.

Но на краткий миг мир был спокоен и тих. От сына, сидящего под столом, я видела только ботинки, такие неподвижные, словно они были медными. Уверена, что там, внизу, было очень красиво. Пол, покрытый темно-коричневым мармолеумом, сиял, как замерзшая грязь, и потрескался в тех местах, где стояла мебель, и уже начал протираться возле кухонной раковины, где я простаивала бессчетные часы, пока не привезли посудомоечную машину (чудище), а сын смотрел на мои ноги в чулках со швом. Тогда я носила чулки с золотыми ромбиками на лодыжке и буквой П (означало Перли), и это все, что он видел, — только золотые ромбики, — что стало одним из немногих его детских воспоминаний обо мне.

Детские ботинки, левый больше правого. Подарок от его «обувного друга» из Монтаны. В «Марч оф даймс» очень постарались и нашли мальчика, больного полиомиелитом, чьи неодинаковые ноги были зеркальным отражением ног Сыночка. Каждый раз, покупая обувь, мы брали две пары, оставляли себе меньший левый и больший правый, а то, что осталось, отсылали в Монтану маленькому Джону Гарфилду. Мы всегда прилагали письмо, и мама Джона всегда на него отвечала, посылая ботинки, купленные ею для своего сына. Договоренность была четкой. Джон и Сыночек пробыли «обувными друзьями» до подросткового возраста, пока полностью не выздоровели. Доктора в призывной медкомиссии едва могли определить, что у них когда-то был паралич, и, как ни удивительно, признали обоих годными к службе. Война меняет стольких юношей. Мой сын сбежал в Канаду, а бедный патриот Джон, как мы потом узнали, пошел в армию и погиб во Вьетнаме, вдалеке от своих любимых Скалистых гор.

Из окна, выходящего на улицу, донесся кашель. Лайл запоздало вскочил на ноги и закивал, как заводная игрушка. Он приоткрыл свою безмолвную пасть с жалобным видом — на это мохнатые попрошайки настоящие мастера, — и я протянула руку и почесала ему уши.

Мы все сидели неподвижно, как статуи. Из окна была слышна нежная музыка: какой-то ребенок, начиная учиться на пианино, бренькал песенку Роджерса и Харта. Муха-поденка билась в оконное стекло, словно убаюкивала младенца. Затем наконец посудомойка застонала и выпустила в раковину серую воду.

Теперь он вылезет, подумала я.

И вот он вылез, мой мальчик: три фута ростом, одетый только в джинсы и махровую футболку с вышитыми словами УОЛТЕР УОЛТЕР УОЛТЕР — подарок тетушек, любимая его футболка, хотя мы никогда не звали его Уолтером, всегда только Сыночком, — смышленые глаза на смышленом лице, а язык черный от ягод, которые он ел, — чудесное создание, посланное мне. Я все была готова для него сделать.

Дверной звонок зажужжал. Собака подпрыгнула на месте. Я сняла передник и пошла за Лайлом в коридор, откуда увидела, что круглое окно в двери частично загорожено мужской шляпой. Я оглянулась на сына и подмигнула ему. И еще раз помахала ему, а потом открыла дверь.

———

Это был очень неожиданный визитер. У нас не бывало постоянных гостей и уж тем более — так опрятно и элегантно одетых, сиявших от уложенных волос, видневшихся из-под шляпы, до остроносых туфель. Открыв дверь, я увидела, что он наклонил голову, словно к чему-то прислушиваясь, и стала разглядывать его слегка влажный от пота высокий лоб с двумя симметричными выпуклостями и изгибы шотландских скул, и, только когда он поднял голову в ответ на мое приветствие, я заметила горбинку на его носу. Прямо как у боксера — она придавала ему вид человека, знакомого с опасностью не понаслышке. Глаза у него, однако, были очень спокойные и дружелюбные. Совершенно сапфировые.

Незнакомец поднял глаза и словно бы удивился, увидев меня, хотя и обрадовался. Улыбнулся и сказал, что надеется на мою помощь. Я ответила, что тоже надеюсь. У него в руках было два маленьких подарка.

— По-моему... Кажется, я заблудился.

— Вы, должно быть, приезжий? — спросила я.

— Это самое забавное. В чужом городе я никогда не плутаю. Видимо, инстинкт самосохранения. — Он широко улыбнулся и хихикнул. — Но тут, в собственном...

Я прислонилась к косяку. Улыбнулась и ничего не сказала. Я заметила, что розовый велосипед девчонки Делон валяется на газоне, где она его бросила, словно павший в бою.

Он снял шляпу. Я не слишком привыкла, чтобы такие мужчины, как он, снимали шляпу в моем присутствии. У него были золотистые волосы. Я спросила, какую улицу он ищет.

— У нее испанское название. Может, надо притвориться, что я в Испании, тогда все наладится.

Я ответила, что тогда он, возможно, и не заблудился.

— Это Норьега? — спросил он.

— Да, — тихо ответила я.

— Правда? Тогда у меня все неплохо. Я никогда здесь не бывал. Не знал, что люди живут так близко к океану. Словно приехал в прибрежный городок в Южной Америке.

— Этот район называют Аутсайд-лэндс.

— Аутсайд-лэндс, — улыбнулся он. То, как он был одет и держал себя, показалось мне знакомым, но, возможно, дело было в легком южном акценте так далеко от дома. Лучше всего остального я запомнила то, как он смотрел прямо на меня все время, что со мной говорил. Я к такому не привыкла — в нашем районе даже продавец сельтерской едва мог поднять на меня взгляд. А он смотрел в упор своими удивительными глазами, словно наконец нашел того, кто согласен его выслушать.

— Кого вы ищете?

Он поставил на землю свои подарки и снял перчатки, затем достал блокнот, в котором аккуратным школьным почерком был записан номер. Тогда я заметила, что у него не хватает пальца. Левого мизинца. Но тогда это было сплошь и рядом, каждый солдатик что-то да оставил на войне.

Глядя в блокнот, он прочел вслух номер, который я знала наизусть. Он был написан краской на тротуаре, но закрыт машиной.

— Холланд Кук, — сказала я.

— Да. Вы его знаете?

Я видела, как в доме через дорогу соседка Эдит выглянула из венецианского окна, окидывая единым взглядом все происходящее, чтобы было о чем судачить с подружками, стоя в клубах теплого крахмального запаха, поднимающегося от утюга. Урок музыки плыл в воздухе, спотыкаясь на каждой ноте. Из одного из десятка окон доносился звук телевизора, бормотавшего себе под нос: «...история девушки и мужчины, который пытается установить ее личность, — неожиданная развязка...»

— Я его жена.

К моему изумлению, он улыбнулся и протянул мне руку:

— Тогда вы, должно быть, Перли.

Я спросила, не военный ли он.

— Кто?

— Военный. Выглядите как человек на службе.

— Из-за одежды?

— Из-за обуви, — пожала плечами я.

— Конечно. Нет, я не на службе, но я познакомился с вашим мужем на войне.

— Первая пехотная?

Он выдавил болезненную улыбку и опустил руку, хотя и не отвел глаз от моего лица ни на миг.

— Простите, что беспокою вас, — сказал он. — Похоже, у вас этим утром много дел.

Оказывается, у меня в руке все это время были ножницы. Я бросила их в карман платья. Я слышала, как Сыночек пробирается по коридору. Из-за шин на ногах казалось, что идет Железный Дровосек.

— А это, должно быть, ваш сын, — сказал мужчина.

Я сказала, что это он, и обернулась к Сыночку, который прятался за радиоприемником.

— Сыночек, поздоровайся с дядей.

— Привет. Меня зовут Базз Драмер.

— Поздоровайся с мистером Драмером, — сказала я, но Сыночек не издал ни звука. — Обычно он разговорчивый.

— Он красавец. Весь в маму.

Это меня озадачило. Конечно, Сыночек был красавец — «весь как пряничек», шептала я ему каждое утро, — но я считала, что он пошел в отца, что мужнины гены, как алхимические элементы, не могли смешаться с моими, невзрачными. Мне в голову не приходило, что глаза сына — у Холланда не было таких медовых глаз, — возможно, не просто дар судьбы, что они, например, мои.

— Ох, он тот еще подарок, — только и сказала я.

— Должно быть, это нелегко.

Я понятия не имела, какого ответа он от меня ждет.

— Не стоит мне вас задерживать, — сказал он. — Не могли бы вы передать это Холланду? Просто я знаю, что у него скоро день рождения.

— Почти через месяц.

— Ах да, точно, — сказал он, качая головой. — Плохо запоминаю даты. Все цифры слипаются. Помню только важное — имена и лица.

Я сказала, что никто никогда не возражал против раннего подарка.

— А там и ваш день рождения, да? — спросил он с улыбкой.

Совершенно непонятно, откуда незнакомец мог знать мой день рождения.

— Через день, правда? Я слыхал, что в Китае это считается добрым знаком для женщины. Надеюсь, что я не перепутал, потому что у меня для вас есть кое-что...

— Что вы, не надо было, — сказала я, чувствуя себя почему-то польщённой и смущённой.

— Меня так мама воспитала, — кивнул он. — А Холланд скоро вернётся?

Несколько безумных мгновений я думала, не соврать ли. Может, оттого, что туман тем вечером ложился так низко и мягко, или оттого, что глаза у него были такого особенного голубого цвета, или в его голосе мне послышалось что-то, о чём он не говорил.

Но я не могла врать незнакомцу, стоя в дверях.

— Да. Да, он вернётся с минуты на минуту.

— Я знал, что Холланд женится на прекрасной девушке. Это было сразу понятно. Вы его детская любовь, правильно? Он всё время о вас говорил.

Соседка, старая немка, вышла на крыльцо поглазеть на нас. Я шагнула в дом и сказала:

— Хотите зайти и подождать?

Мы сели на диван в нескольких футах друг от друга, он с довольным видом пил пиво, а я гладила Лайла. Он рассказывал истории из юности Холланда, который одно время был его подчинённым, и то и дело повторял, как он рад со мной познакомиться. «Красавица» — он всё время говорил, что я красавица, и это звучало так же странно, как если бы кто-то называл меня француженкой. Потом он вложил мне в руку свой подарок — бирюзовую коробочку размером не больше тоста, — и поначалу я отказывалась. Слишком уж он норовил сразу сблизиться. Но Базз был обаятелен, что да, то да, и в конце концов уговорил меня открыть подарок.

— Спасибо вам. Как красиво.

Прошло пять минут, оберточная бумага лежала между нами на диване. Лайл бил хвостом по моей ноге в радостном предчувствии прихода Холланда. Мы услышали, что открылась входная дверь, и затем мой муж появился на ступенях нашей гостиной, расположенной ниже уровня коридора. Лайл подбежал к нему, а мы оба встали, словно в присутствии монарха.

——————

Муж сошел вниз. Мы смотрели, как он по частям возникает в круге света: сначала узкий лаковый носок одной туфли, потом другой, затем заутюженные отвороты костюмных брюк, длинные ноги в угольно-черных штанинах, ремень на все еще подтянутой талии школьного спортсмена, мятая, что для него необычно, сорочка с закатанными рукавами и одинаковые отблески на часах и обручальном кольце. «Привет? Привет?» — а затем лицо, которое я так любила, изумленное темнокожее лицо моего мужа.

— Привет, милый, — сказала я. — К тебе пришел старый друг.

Холланд стоял очень тихо, в оцепенении, раскинув руки, как святой, и к нему бежали сын и собака. Он смотрел на Базза. А я смотрела, как в его взгляде загорается что-то похожее на презрение. Затем он уставился на меня. Почему-то вид у него был испуганный.

— Здравствуй, Холланд, — сказал Базз. Он приветственно протянул к нему руки.

Когда он обернулся к своему другу, я поняла, что мне показалось знакомым в этом человеке: он был одет как мой муж. Твидовый пиджак, складная шляпа, длинные выглаженные брюки, даже манера дважды закатывать рукава рубашки, чтобы они были чуть ниже локтя. Так начал одеваться Холланд после войны. И моментально стало видно, что мой муж, так тщательно выбиравший одежду в магазинах, которые были нам по карману, прикладывавший распродажные галстуки к уцененным рубашкам, переживавший по поводу кашне, был всего лишь доморощенным повторением стиля этого мужчины. То, что я считала его особенностью, продолжением физической красоты, оказалось имитацией. Словно восстановление утраченного портрета — это было имитацией человека, которого я до сегодняшнего дня не видела.

Он повернулся к своему другу.

— Ну привет, Базз, — ровно сказал он. — Что ты тут делаешь?

— Да просто пришло в голову заглянуть. У тебя жена красавица.

— Перли, это мистер Чарльз Драмер, он был моим начальником...

— Да, он мне сказал.

Мужчины еще несколько секунд обменивались тревожными взглядами.

— Давно не виделись, — сказал муж.

— Несколько лет, — сказал Базз.

Взгляд Холланда упал на ковер, где лежал обрывок голубой бумаги в форме затонувшего континента. Я сказала, что Базз принес мне подарок, и он, кажется, очень удивился.

— Вот как?

Пару белых перчаток. Только когда Базз уговорил меня их примерить, я заметила вышивку на правой ладони — красную птичку с задранным хвостом и простертыми крыльями, словно только что пойманную. Если раскрыть ладонь, птица шевелилась на руке, как живая.

— Синица в руке! — весело сказала я Холланду, вытягивая руку и показывая, как двигается птица.

— Синица в руке, — повторил Базз, держа руки в карманах.

Холланд, старый мой муж, ты переводил взгляд с меня на своего друга и обратно. Что ты видел? Что пронеслось перед твоим юным взором? Да, очень странную пару ты обнаружил в собственной гостиной. Нас вдвоем ты точно не ожидал увидеть. И тут, о чудо, ты засмеялся.

———

Ни одна женщина никогда не назовет «хорошим другом» того, с кем перестала общаться, но мужчины бросают и возобновляют дружбу с непринужденностью больных амнезией. Я предположила, что Базз как раз такой друг, старый армейский приятель, который просто отпал, когда взрослой жизнью Холланда завладели жена, сын и работа. Я повидала достаточно старых друзей Холланда, чтобы предположить, что оба они заводили дружбу так же легко, как и бросали.

Мистер Чарльз Драмер, Базз, работал в корсетном бизнесе — не самой прибыльной отрасли. Он оптом поставлял корсеты, корсажи, грации и пояса в универмаги — даже в то время это было старомодной профессией, но, если уж на то пошло, она придавала ему завидный донжуанский лоск в придачу к красоте и широким плечам, не нуждающимся в подплечниках. Он знал наши секреты. Он понимал, на какой женщине надет бабушкин нейлоновый корсет с пластинами, а на какой — последний, так сказать, вздох девятнадцатого столетия: корсетный пояс с дырочками. Он с тайным удовольствием распознавал первые ласточки бюстгальтеров с круговой прострочкой (через пару месяцев мы все обзавелись этими острыми грудями), отмечал виляющую походку, указывающую на то, что женщина мечтает задрать юбку и поправить натирающий пояс, или — самое лучшее — видел фигуристую женщину и с первого взгляда понимал, что под платьем у нее ничего нет. Он словно бы видел нас голыми.

Очень гордился своим изобретением: назвать новую грацию «Обещание» и прилагать к каждой покупке брошюру о десятидневной похудательной диете Елены Рубинштейн. Капля соблазна, обещание надежды. Меня восхищало то, как он понимал женщин.

После нескольких первых визитов Базз стал постоянным гостем. Его присутствие придавало нашему дому какой-то новый лоск и настроение. Мне нравилось, что соседи, видя, как он приходит и уходит, будут любоваться его тщательно подобранным костюмом и привычкой, воспитанной в каждом хорошем виргинском мальчике: как только я открывала дверь, он снимал шляпу, словно я сама миссис Рузвельт. И конечно, я ценила его общество, как одинокая жена миссионера радуется каждому гостю на своем дальнем рубеже.

Однажды вечером я приготовила паровой пирог с ягнятиной и горошком и вспомнила, что в газете был конкурс, посвященный этому блюду.

— Если придумаешь ему название, сможешь целый год жить за их счет! Как тебе такое? — Я улыбнулась сыну, подозрительно разглядывавшему овощи.

Базз поблагодарил меня за угощение и спросил, что они имеют в виду под «жить целый год».

— Две тысячи долларов? — предположил Холланд, подмигивая мне с улыбкой.

Я шлепнула его лопаткой по руке.

— Вот и видно, сколько ты смыслишь в домашних расходах. Приз — пять тысяч долларов.

Я отрезала пирога Сыночку, стараясь, чтобы ему досталось поменьше гороха.

— Я думаю, ты заслуживаешь большего, — сказал Базз.

— Я бы поучаствовала, если б смогла придумать, как его назвать.

Холланд рассмеялся и сказал, что я и так живу за чужой счет, только за его, а не фирмы, которая печет пироги.

Сыночек в отчаянии смотрел в тарелку.

Мы придумали несколько смешных названий — «Пастушкин пирог», «Барашек, кому барашка?», — и тут мой малыш поднял голову и спросил Базза:

— Куда делся твой мизинец?

— Сыночек, — начала я.

Он беспомощно поднял на меня глаза.

— Мам, у него нет мизинца.

— Ничего. — Базз вытер рот и очень серьезно поглядел на моего сына. — Задавать вопросы — это хорошо. Я потерял его на войне.

— А где потерял? В Аланнике или в Тихом? — спросил Сыночек, и мы все засмеялись, потому что он явно не понимал, что говорит. В то время этот вопрос часто задавали, наверное, он где-то услышал. Он с улыбкой огляделся кругом, будто специально хотел нас рассмешить.

— Ну все, хватит, — сказала я. — Ешь пирог.

— Пирог малышки Бо Пип, — серьезно добавил Холланд. — Стоит пять тысяч долларов.

Сыночек посмотрел в тарелку, а потом, должно быть, чтобы потянуть время, поглядел на всех нас.

— Папа был на Тихом, — объявил он.

— Базз это знает, — сказала я.

Я очень внимательно наблюдала за мужем. Мы затронули тему, которую он предпочитал не обсуждать, но он разрезал свой пирог и сказал:

— Мы не воевали вместе. Ведь Базз был СО.

Базз кивнул.

— Правда? — сказала я, пораженная тем, что Холланд сообщил такие ошеломительные сведения.

— Тихий океан, — пробормотал сын, обращаясь к горошинам.

Сознательный отказчик. В Кентукки мы таких называли уклонистами. Предмет позора, табуированная тема для застольной беседы. В те дни вся страна готовилась к войне, и было принято считать, что такие мужчины нас позорят. Сачки, трусы. Как будто мужчина пошел к алтарю, а там сказал: нет, все-таки я на ней не женюсь. Быть уклонистом — необычайный выбор для молодого человека, и для моего мужа-солдата крайне странно иметь такого друга. Это не укладывалось у меня в голове. Но война была, как мы все знали, временем тайн. От такого откровения Базз покраснел. Теперь я понимала про него меньше, а не больше. Как он потерял палец, если не был в бою? Базз посмотрел мне в глаза и сказал: «Время было тяжелое», — но мне показалось, что он пытался сказать что-то другое.

— Эта горошина на меня смотрит, — сказал Сыночек, и я велела отложить ее в сторону.

— Нет, съешь эту горошину, — заявил Холланд.

— А как вы тогда познакомились? Если ты не был на войне? — спросила я Базза.

— В госпитале, Перли, — ответил Холланд и отпил пива. Он имел в виду тот госпиталь, куда сам угодил после того, как его корабль затонул в Тихом океане.

— Там что-то напортачили, и мы оказались в одной палате, — добавил Базз.

— Точно напортачили. В жизни у меня не было худшего соседа, — сказал Холланд.

— Я был очень аккуратный. И не доводил сестер, как некоторые.

— Не я!

Я положила им еще по одному куску, заметив, что Сыночек свой только раскрошил. Села за стол. Помолчав немного, я сказала:

— Но я не понимаю.

— Что, милая? — спросил Холланд.

— Как отказчик оказался в военном госпитале?

Горошина прокатилась мимо солонки и упала со стола.

— Ой-ей, — сказал сын.

Холланд уже открыл рот, чтобы ответить, но Базз опустил вилку и сказал:

— СО были в ведении армии. Нас поместили в военный лагерь на севере. — При словах «на севере» он показал куда-то за пределы дома. — А меня отправили в тот госпиталь, потому что я был «пункт восемь».

— «Пункт восемь»?

— Да. Я немножко сошел с ума.

Я взглянула на Холланда, он отвел глаза. Невозможно обсуждать все это так непринужденно.

— Пирог малышки Бо Пип! — крикнул Сыночек. Он давил горошины на тарелке и не обращал внимания на разговоры про войну.

Я сидела молча, помогая Сыночку доесть его порцию. Я никогда не спрашивала мужа, от чего его лечили или в каком отделении он лежал. Я знала, что его корабль затонул, и представляла, что он пострадал от возгорания нефти или от соленой воды. Но «пункт восемь» означал психические отклонения, а эти двое лежали в одной палате, в одном отделении. Что этот океан с ним сделал? Я не могла заставить себя задавать больше вопросов, войну всем хотелось забыть, и заботливая медсестра во мне желала защитить Холланда и его прошлое, завернуть его в вату, чтобы у нас все было хорошо. Так что я передала им пиво.

Вот так мы и проводили вечера: за ужином, с пивом и старыми байками, которые ничего не проясняли. Я придумала печь мальчикам торты, а Базз так громко ими восторгался, что это вошло в традицию, и мы все смеялись над ее нелепостью. Мы трое выросли во время Депрессии — без тортов — и пережили войну — без масла, — а теперь вон чего: едим торт каждый вечер. И Сыночек бросал Лайлу мяч и вопил от восторга. То было время безобидного веселья, и мы были еще достаточно молоды, чтобы им наслаждаться.

По субботам, когда Холланд работал сверхурочно, Базз иногда приходил пораньше. Я не возражала. Он присматривал за Сыночком, пока я хлопотала по дому. Мне нравилось, что с ребенком играет кто-то еще, кроме тетушек. Но было и кое-что неуютное. На середине какой-нибудь банальнейшей истории шмелиный голос Базза вдруг умолкал, и я знала, даже если стояла к нему спиной, что он смотрит на меня. Я поклялась себе, что не стану оборачиваться. Это стало почти игрой.

Интересно, что думали соседи. Правда интересно. Я забавлялась, представляя, как они шепчутся, что у Перли Кук роман с этим их гостем.

Одним необычно жарким и ясным субботним днем мы вешали белье на заднем дворе. Он подавал мне сырые, пахнущие отбеливателем вещи, а я старалась удержать их против ветра. Белые простыни хлопали на ветру, как поленья в костре. И тогда Базз спросил, нет ли у меня бессонницы.

— Нет, а вот у Холланда — да.

— Бедняга.

У нас с Холландом было две спальни, соединенные проходным чуланчиком. Лайл спал в моей комнате на овечьей шкуре. Холланд спал один. Сон у него был чуткий — он и в остальном был очень чувствительный, — и давно было решено, что ему нужна своя комната. На этом настаивала я. Заботясь о его сердце.

— Он еще с войны не может уснуть, если хоть какой-то звук. Хуже всего дворовые собаки по ночам. Или если кто-нибудь в комнате. И все равно он почти все ночи не спит.

Базз все выжимал белье и подавал его мне.

— В госпитале он, наверное, спал, — сказала я.

— Нам всем давали лекарства, — улыбнулся он.

— А ты начал свое дело.

— Ну, я принял отцовскую фирму. Холланд был моей правой рукой. Потом я путешествовал. Немало. Нужно, чтобы в памяти хранились несколько прекрасных видов. На случай, если опять введут карточки. — Он многозначительно на меня посмотрел.

Я взяла в рот две прищепки и спросила:

— А потом вы поссорились?

Некоторое время он молчал. Наконец сказал:

— Ну, я заработал этот нос.

Я кивнула.

— Очень красиво.

— Спасибо.

— И как ты его заработал?

— Холланд.

Солнце сверкнуло между пузырящихся простыней. Я сморгнула, повернулась к Баззу и увидела, что он закрыл лицо, а солнце выкрасило белым всю его руку.

— Холланд тебя ударил?

Базз лишь смотрел на меня, склонив голову. Холланд повышал голос разве что на радио и никогда ничего не бил, кроме диванных подушек, перед тем как усесться с сигаретой. Но когда-то он, конечно, был другим человеком, обученным стрелять в людей на войне, он пил, пел солдатские песни и стукнул друга по носу.

Наконец я спросила:

— Из-за женщины?

Он протянул мне брюки.

— Да.

Я вытащила сушилку для брюк и принялась натягивать на нее штаны.

— Расскажи.

— Перли, — ответил он, — мы родились в плохое время.

— Не знаю, о чем ты. Нормальное время.

Я не знала, что он имел в виду, говоря «мы». Не представляла, что бы могло объединять меня с таким человеком, как Базз, хотя он был очень приятным. Не могла обвести нас двоих хоть какой-нибудь линией.

— Ты гордишься своим домом. У тебя есть вкус.

— Он принадлежал семье Холланда.

— Это недешево. Я имею в виду болезнь Сыночка и все такое.

— Тетушки Холланда помогают. Счета, шины — это немало. Я-то все дома сижу, за ним ухаживаю, — сказала я, не подумав, и поспешно добавила: — Конечно, это не плохо.

— А что бы ты сделала, если бы денег хватало на все?

Я не знала, что ответить. Неумно задавать такой вопрос бедной женщине с больным ребенком. Только богатый человек мог такое спросить. Все равно что поинтересоваться у девушки с разбитым сердцем: «А что, если он тебя все-таки любил?» Я никогда не разрешала себе думать о таком. Что бы я сделала? Я бы увезла свою семью из этого дома, где соседи пялятся, где на фундаменте пятна от подползающего океана, где сверчки пробираются в дом под порогами... в Египет, в Мали, в воображаемые страны, о которых я знала лишь из книг. Господи, да я бы навсегда на Марс улетела с Холландом и Сыночком. Я могла придумать только такой ответ. С моей жизнью я не могла позволить себе назвать настоящие желания. Не могла себе позволить даже осознать их.

И я сказала лишь:

— У меня есть все что нужно. Я счастлива.

— Я знаю, но помечтай... Где бы ты жила?

— Этот дом лучше всего, чем владели мои родители.

— Но например... квартира высоко над городом? Или дом на утесе, с видом на океан из постели? Пятьсот акров, а вокруг забор?

— Что мне делать с пятьюстами акрами? — сказала я бездумно.

И тогда он посмотрел на меня пристально, без всякой застенчивости, и я, кажется, на мгновение все поняла.

Я стояла и смотрела на него, держа металлическую сушилку в одной руке и мокрые брюки в другой. Солнце полностью вышло и осветило мир сверху донизу, и казалось, что слышно, как жасмин тянется к нему. Тут подъехала машина Холланда, и Базз отвернулся.

В следующую секунду Холланд из дома крикнул: «Привет!» Я услышала велосипедный звонок, и Сыночек стал пробираться по коридору к папочке.

А Базз больше ничего не говорил, стоял и щупал свой нос, словно болезненное воспоминание. Он был наполовину освещен солнцем, тень искалеченной руки падала на его длинное лицо, и казалось, что его гладит по щеке другая, маленькая рука. Ветер зарывался в его волосы, как живое существо. Я не сказала ему ни слова, когда он пошел в дом, — стояла и растягивала брюки для просушки. И я ушла — в зеленую глубь с золотыми крапинками, где колыхались водоросли, где не было ни конца, ни дна, — и забыла о том, что увидела. Я была осторожной женщиной, хорошей садовницей — и обрезала все сомнения.

Но вы же знаете: сердце каждую ночь отращивает новый шип.

———————

Это случилось, когда Холланд уехал из города. Он служил выездным инспектором в сантехнической компании, ездил по всей Северной Калифорнии, иногда ему приходилось ночевать в Реддинге или Вайрике, у туманного моря или туманных гор, в отелях, называющихся «Гром-птица» или «Вигвам» (они как Америка в миниатюре: снаружи ослепительный неон, внутри чопорное пуританство). Он, конечно же, не звонил. В те времена по межгороду звонили, только если кто-то умер или если ты решил сказать кому-то, что любишь его, хотя уже безнадежно поздно. Моя соседка Эдит Фюрстенберг пришла в гости перед ужином, надев новую блузку «семь в одной» цвета морской волны из «Мэйсиз» («Если подумать, то всего три в одной»). Ей хотелось посплетничать о семье Шень, которую выгнали из Саутвуда общим голосованием, и сообщить, как ей стыдно за наш город, как стыдно, после всех страданий, выпавших китайцам.

— Темнокожим тоже тяжело, — сказала я.

— Но не здесь, не в Сан-Франциско. Не в Сансете, слава богу.

Мы примерили ее блузку семью разными способами, ни один из которых нам не понравился. «Никогда не меняйся!» — кричала она мне, цитируя какую-то фразу из телевизионного сериала, который я не смотрела. Я почистила кое-какое тонкое белье принесенным ею пятновыводителем «Ре-Клин» («Такой безопасный, что можно курить во время чистки»). Затем мы с Сыночком остались в компании Небесного Короля*, который шел по радио, и сын битых полчаса сидел, уставившись в резную лиру динамика, конечно же, ничего не понимая, но наслаждаясь. Он уснул у меня на коленях, и я его уложила.

День был не по сезону жаркий, а ночь наступила влажная. Перед самым закатом прошел короткий дождь, и последние лучи теплого солнца превратили воздух в пар, который, мерцая, стекал к океану. Немецкие и ирландские семьи жарили на улице мясо, прогуливались по улицам, останавливались на углах и смеялись. Мужчины перебрасывались банками пива, а дети возились в еще сырой траве. Было так восхитительно тепло, что я раздернула занавески и открыла

---

* Небесный Король (Sky King) — приключенческий радиоспектакль о летчике-ковбое Скайлере Скай Кинге, популярный в Америке в 1940–1950-х гг.

окна, но, чтобы соседи не подглядывали, выключила весь свет и сидела, довольная, на кухне: чайник на плите, Лайл у ног. Поющий чайник успел некоторое время пошуметь, прежде чем я к нему встала. Комнату освещал только красный глаз плиты. Я сняла чайник с огня и, когда он успокоился и затих, услышала стук, который, видимо, начался, когда чайник бил тревогу. Стук в окно. Я повернулась, и то, что я увидела, напомнило мне образ, который меня всегда преследовал: после войны я слышала, что берлинцы заменили выбитые оконные стекла рентгеновскими снимками. Пока глаза не привыкли, я видела только широкую белую ладонь, распластанную по черному окну.

— Базз, — позвала я, отпирая дверь.

Он окинул глазами темную кухню.

— Когда никто не открыл дверь, я подумал, что у тебя любовник, — рассмеялся он. На нем были темный костюм и темный блестящий галстук, и, шагая через порог, он, как всегда, снял шляпу. — Перли, что ты сидишь одна в потемках...

— Не надо, — быстро сказала я, потому что его рука потянулась к выключателю. Оказалось, я дотронулась до его ладони, она была гладкой, словно перчатка. Он не спросил почему. Просто стоял — красавец Базз со шляпой в руке. Выглядел так, словно хотел мне что-нибудь продать. Я засмеялась, и на его лице мелькнула смущенная улыбка.

— Холланд тут?

— Он в отъезде, а Сыночек спит...

— Ой, точно, — покачал он головой. — Я забыл, что он уехал, вот дуралей. И эгоист.

— Нет, нет.

— Он в Вайрике, да? А я мешаю тебе насладиться одиночеством.

Сухая улыбка.

— Вовсе нет.

— Вайрика — край ив, а? — пробормотал он себе под нос.

— Что это?

— Ой, дурацкий каламбур. Анаграмма. Интересно, растут ли там ивы.

Я засмеялась.

— Никогда не слышала! Надо рассказать Холланду.

— Ух жара, но ухать рано, — сказал он. — Вот еще одна.

Я ответила, что эта хорошая.

— Я в детстве этими глупостями увлекался.

И опять мы стоим вдвоем в тишине моего дома.

— Ты столько проехал, — сказала я наконец. — Хочешь чаю? Или нет, лучше виски. Я хочу виски, а ты?

— Я бы не отказался, — сказал он с некоторым облегчением.

Я налила два бокала, и мы их вмиг осушили — так пили в то время. Я налила еще и пошла к холодильнику за льдом. Лайл прыгал вокруг меня, надеясь получить кусочек: по неясной причине его молчаливость сочеталась с любовью грызть лед.

— Странная ночь, такая теплая, — сказала я.

— Точно.

— Но ухать рано.

Я открыла холодильник (раздался львиный рык) и вынула формы для льда, сдвинув металлические рычажки и ссыпав кубики в ведерко. Один кубик я подбросила в воздух, и Лайл поймал его, как дельфин, а потом принялся громко и с наслаждением грызть.

— В трамвае все окна запотели, как в парнике, — сказал Базз. — Знаешь, там ведь растят орхидеи. Возле дверей.

— Очень практично, — засмеялась я.

— И венерины мухоловки. Для тех, кто ездит зайцем. За весну в Сан-Франциско. Кто бы мог подумать.

Я подняла бокал за его тост, и мы выпили.

— Холланд говорит, ты до сих пор живешь в холостяцкой квартире и плитка у тебя с одной конфоркой. Почему не переезжаешь куда-нибудь получше?

— Чтобы готовил сам и не объедал вас?

— Ну, я...

— Я надолго уезжал, квартира несколько лет стояла пустой. Не дошли руки ею заняться. В Стамбуле жилье было еще хуже, они там до сих пор читают при свете керосинки. А к этой плитке я, должен тебе сказать, привязался.

— А семья у тебя есть?

Он заглянул в бокал, словно ответ лежал на дне.

— Нет, никого нет. Отец умер в прошлом году.

— Прости.

— А мама — уже давно, — сказал он с грустной улыбкой и отпил еще глоток. — И мне неожиданно пришлось заняться здесь бизнесом. Я такого никогда не планировал. Я не деловой человек.

— А что ты планировал?

Пожал плечами, нервно взглянул на дверь.

— Я путешествовал, чтобы это понять.

— Понял?

Он кивнул. Мы снова опрокинули бокалы. Я взяла сигареты, а он накрыл мою ладонь своей. Мы не шевелились.

— Перли?

Он был совсем другим. После двух или трех порций виски он перестал изображать учтивого золотого мальчика. Казалось, ему тысяча лет, а свет фонарей, падавший в окно, разрезал его ровно пополам, углубляя морщины на лице. Темнота высосала все цвета, и его светлые волосы стали абсолютно белыми. Он меня касался, и я чувствовала, как колотится его сердце.

— Надеюсь, что ты мне поможешь, — сказал он, точно как в тот день, когда позвонил в мою дверь. Но на этот раз он говорил шепотом, которого я никогда раньше не слышала. Он передвинул руку выше.

Я испугалась того, что он сейчас скажет.

— Базз, уже поздно.

Он попытался перебить меня, но я уже переставляла ведерко для льда, скармливала очередной кубик неугомонной собаке и щебетала:

— Холланд вернется завтра, а тебе пора бежать, если хочешь успеть на трамвай...

Он сказал, что знает, когда вернется Холланд, и в этом весь смысл. Он пришел не к Холланду. Сегодня он пришел поговорить со мной.

Я не понимала, что происходит, и не знала, что я хочу, чтобы произошло. Его ладонь на моей руке вдруг стала горячей.

— Послушай меня, — сказал он. — Мне надо тебе кое-что сказать.

— Базз, я думаю...

Но он перебил, переложив руку на мое плечо:

— Перли, выслушай меня. Прошу тебя, выслушай.

Что-то во мне дрогнуло, словно зазвенел сигнал тревоги. Некрасивое бледное лицо с отпечатком тоски — в этой темноте он совсем не был похож на человека, которого я знала несколько месяцев, на верного старого друга. Я стояла тихо и не шевелясь, прижавшись к стене.

И он мне рассказал. Тихим, немного гнусавым голосом, глядя на фотографию на стене. Заботливо касаясь моей руки. Думаю, он никогда раньше не говорил о любви. Ведь, понимаете, тем вечером он приехал сюда на трамвае не ради

Холланда, он приехал ради меня, Перли Кук. Он сочинял эту речь годами, репетировал снова и снова в своей холостяцкой квартире: узник, строящий дворец из зубочисток. Осторожно, медленно он предъявил мне шедевр, какой способен создать только одинокий мужчина.

Закончив, он отпустил мою руку. Шагнул от меня в тень. Я слышала, что Лайл грызет свой кусок льда, как орех. Точильщик, возвращаясь домой, затянул свою песню: «Точу ножи! Точу ножницы!» Я стояла, прижавшись щекой к стене, глядя в окно на наш район и на такие знакомые очертания, на обрисованные светом границы моего мира.

———————

— Ты лжешь, — сказала я. — Он просто нездоров. У него сердце.

Базз сказал, что не лжет. Он снова потянулся к моей руке, но я уклонилась.

— Не трогай меня, — сказала я, хотя едва могла дышать.

Тут он сказал кое-что очень правильное:

— Тебе надо подумать, Перли.

Он не сказал «любовники». Нет, Базз сказал «вместе»: дескать, они с Холландом были «вместе» задолго до того, как я снова возникла. Были «вместе» в госпитале во время войны, когда лечили свои души, сидя в холле и глядя на океан, «вместе», когда жили на деньги Базза и делали первые неуверенные шаги в новом мире. В мире, который их сломал, где ненавидят уклонистов, и трусов, и вообще всех, кто не простой и честный, как доска. Они выжили «вместе». В той комнате с одной конфоркой жила извращенная романтика. История любви. Пока однажды утром Холланд не встал с кровати и не сказал, что женится. Драка, сломанный нос, крики из окна вслед бегущему по улице мужчине. Сама того не зная, я забрала у этого мужчины любовника и укрыла его от мира в своем увитом лозами домике. А теперь он его нашел. Он пришел ко мне, на мой порог, чтобы снять лежащее на моей жизни проклятие, о котором я не подозревала. Он сказал так, будто это нечто прекрасное. Уверена, для него это было так.

— Перли, ты наверняка знала. Умные женщины всегда догадываются.

Мы услышали, как за стеной мимо моего дома прошла семья, их пес залаял, учуяв Лайла, их дети болтали что-то бессмысленное, а взрослые засмеялись.

— Я не знала, не конкретно, я понимала, что что-то…

— Я могу только сказать, что мне жаль.

— Ты поэтому сюда пришел? — спросила я с внезапной яростью. — Явился на наш порог и… влез в мою жизнь? Боже, в жизнь моего сына…

— Знаю, ты мне пока не поверишь, но я на твоей стороне.

— Не смей…

— Мы родились в плохое время. Мы выбирали, когда приходилось выбирать. Это были трудные решения, и было приятно думать, что все кончилось. Но теперь надо принять еще одно.

Мой сигнал тревоги был не просто шоком от его слов — резким, словно кто-то поднял штору в темной комнате и свет больно ударил по глазам. Главное было то, что я совершенно не знаю своего мужа. Мы все думаем, что знаем тех, кого любим, и, хотя не стоило бы удивляться, обнаружив, что нет, это все равно разбивает нам сердце. Это самое тяжелое знание — не только о других, но и о себе. Увидеть, что наша жизнь — это сказка, которую мы сами сочинили и сами в нее поверили. Молчание и ложь. В тот вечер я чувствовала — боже, я не знаю, кто такой мой Холланд, не знаю, кто я сама, ни единую душу на свете узнать нельзя, — ужасающее одиночество.

— Мне так жаль. Я не хотел сделать тебе больно.

— Перестань. Перестань это повторять.

Я чувствовала себя голой и опозоренной. Словно каждое новое откровение, каждая следующая мысль в моей голове скальпелем обнажали то, что должно быть сокрыто. А как же его хрупкое смещенное сердце? Еще одна моя фантазия, еще одна ложь ради безмятежной жизни.

И все же под всеми потрясениями и горем я чувствовала, как нарастает волна облегчения. Наконец-то муж стал понятнее. Приступы мрачного настроения, отдельные спальни, «болезнь», о которой говорили тетушки, несоответствия, за которые я винила себя, неидеальную жену, неспособную его спасти. По крайней мере, я не сошла с ума. Ведь именно к этому я себя готовила. Я знала, какой он обаятельный, видела, как на него смотрят. Я всегда думала, что появится другая женщина. Обычно бывало так. Ужас состоял в том, что это неожиданно оказался мужчина.

Выяснилось, они были вместе больше двух лет. Так сказал тогда Базз. Мой разум силился все это охватить — годами, годами длившийся роман, который я не хотела себе представлять, и скандал, разразившийся вскоре после того, как Холланд пришел ко мне в общежитие, скандал, когда он велел ему идти к черту и не возвращаться. Сломанный нос, крики из окна. Шепот мне на ухо: «Мне очень нужно, чтобы ты за меня вышла». Мог бы сказать: «Нужно, чтобы ты меня спрятала». Жизнь в нашем доме, словно в программе защиты свидетелей, спокойнее некуда: сын, жена, собака, которая не лает. У всех нас была любовь. У него было счастье. Но прежняя история любви еще не была закончена.

Лайл прыгал лапами мне на платье, клянчил еще.

— Перли.

— Чего тебе от меня надо?

— Помоги мне.

Из ведерка раздался вздох — тающий лед оседал под собственной тяжестью.

— Я уезжаю. Снова отправляюсь путешествовать и беру с собой Холланда.

Я сказала, что этого не будет.

— Будет, Перли. Ты сама понимаешь, что так жить нельзя.

— Отстань от нас. Зачем ты пришел?

— Поговорить с тобой. Освободить тебя.

— Иди к черту. Не притворяйся, что ты мне помогаешь...

— Мы должны помочь друг другу.

— Что говорит Холланд?

Базз не шевелился. В свете фар проезжающей мимо машины его волосы засияли, как шапка из серебряной ткани, в этом свете он снова стал красивым — смертельно влюбленный, с разбитым сердцем, брошенный любовник, всеми силами пытающийся скрыть это от меня.

— Ясно, — сказала я.

— Да. Все сложно.

— Холланд не хочет от нас уходить, так?

— Его кое-что не пускает, — начал он.

Я замотала головой, чтобы его не слышать. Мы с Холландом говорили о друзьях, о детстве, о кино, книгах, политике, мы спорили, соглашались, у нас были и ссоры, и веселые моменты за бокалом вина, но, думаю, справедливо будет сказать, что мы ни разу в жизни не разговаривали откровенно. И я думала, что счастлива — по-своему. В то время я считала, что брак похож на гостиничный душ: только ты отрегулировал температуру, как за стенкой кто-то включает свой душ, и тебя обдает ледяной водой, потом ты прибавляешь горячей и слышишь, как сосед взвизгивает от боли, потом он крутит свои краны, и так до тех пор, пока вы не придете к компромиссной середине, чтобы обоим было терпимо.

— Оставь нас. Я не могу тебе помочь.

— Можешь и поможешь. Должна.

— Но он мой муж, я его люблю.

— Теперь ты знаешь, что не ты одна, — сказал он, и теперь его голос был другой, не тот, что он годами оттачивал. Надтреснутый голос мужчины, который объехал весь мир, спасаясь от разбитого сердца, и вернулся в пустую квартиру, а там ничего не изменилось и старые фото стоят на своих местах. Мужчины, который лежал без сна, гадая, как он умудрился потерять все, что ценил.

Не я одна. Словно мы имели на него равные права, и брак, дети, прожитые годы ничего не значили, словно его любовь — огромная и яркая, как звезда, — перевешивала все другие любови. Мою, сына. Землю наследуют не кроткие, а отчаянные, голодные, страстные. Остальные едва ли считаются живыми. Землю наследуют такие как Базз.

Давно я не видела другого человека насквозь. Мои дни проходили в заботе о моем мальчике, и о муже, и о доме — было проще не замечать других людей. Другие в конце концов прячутся, прикладывая к этому много усилий. Но, как сказал когда-то писатель, боль открывает многое. Думаю, насчет Базза это оказалось правдой — когда на него упал свет, я мельком увидела страдание, которое привело его на мой порог.

Свет фар проник в окно и провел линию поперек сломанного носа бедняги. Я оселкась и на миг поверила ему. Вот доказательство страданий, которые он был готов сносить. Впечатано в его лицо, чтобы он ни на секунду не смог о них забыть.

— Ты не останешься одна, клянусь. Я все продумал.

— Еще бы.

— Перли, я могу о тебе позаботиться.

Я бросила Лайлу еще кусок льда, и он поймал его и унес в коридор, чтобы спокойно разгрызть.

— Я не могу это слушать.

— Я помогу тебе, если ты поможешь мне.

Он так просто это сказал. И в той гостиной он долго, долго объяснял, что же он придумал, а я не говорила ни слова, когда он расписывал, как отдаст мне свое состояние, если я ему помогу. Можно сказать, он торговался за моего мужа.

— Я могу о вас позаботиться. Подумай о Сыночке, он сможет поступить в колледж. Жизнь еще не прожита, не решена. Подумай о том, чего ты хочешь.

Я сказала: не может быть, чтобы ты серьезно, — и он ничего не ответил.

— Как я тебе помогу? — Я взяла его за предплечье, но не смогла взглянуть ему в лицо. Вместо этого мои глаза обшаривали комнату, старую мою гостиную, всегдашнюю свидетельницу событий моей жизни. По дому гулял ветер, и в щель под дверью начал просачиваться песок. Где-то там по радио зазвучал «Поцелуй огня».

— Кто-то стоит на пути, — сказал он, чуть-чуть улыбнувшись.

Я бы вечно жила в Аутсайд-лэндс на берегу океана, вырезая строчки из газет, а виноград сплошь заплетал бы дом, как в сказке — в «Спящей стражнице», — а тетушки время от времени изумляли бы меня подарками и историями, я каждый вечер целовала бы мужа перед тем, как лечь в кровать, я бы это смогла. Но он явился в мой дом, словно приливная волна, и разрушил мой маленький замок. Я не могла поверить ушам, я знала, что плохо будет всем нам, а то, что он сказал, прозвучало как незаслуженный приговор. К казни на электрическом стуле.

— Больше никогда сюда не приходи, — сказала я.

———————

Он ушел, а я закрыла и заперла дверь, а затем и каждое окно в доме, словно ночью он мог как-то пробраться обратно и я бы проснулась и обнаружила его у себя в гостиной.

— Подумай об этом. И позвони мне, пожалуйста, — сказал он перед тем, как я захлопнула за ним дверь. — EX-brook 2–8600.

Номер я помню до сих пор. Я села на диван, рядом пристроился Лайл. Мы вдвоем смотрели на полосы света, пробегавшие по полу, когда по нашей улочке проезжали машина за машиной. Мы слушали, как соседи перекликаются от дома к дому, обсуждая Розенбергов или дело Шень, как беседа плыла по течению, пока они не желали друг другу спокойной ночи. После долгого затишья снова был слышен рык океана. Лайл не двинулся с места. Муж не позвонил. Базз не вернулся.

Я допила виски, не меньше полбутылки, а потом, когда улицы опустели и в ночи воцарилась океанская прохлада, я проверила Сыночка — он спал, высунув ногу из-под одеяла, со слипшимися из-за мимолетного кошмара ресницами, приоткрыв рот, словно девушка в ожидании поцелуя, — и, спотыкаясь, в слезах завалилась к себе в спальню. Мой взгляд упал на корзину для бумаг.

Там горой лежали вырезки: новости, которые я подвергла цензуре ради больного сердца Холланда. Сердца, которое, оказывается, билось так же ровно, как мое собственное. Каталог американских будней, которые все мы прожили, а муж — нет. Я опрокинула корзину на кровать, вывалив шуршащую бумажную кучу.

Я читала вырезки одну за другой и думала об остальных бессчетных заметках, вырезанных мною за все субботние утра замужней жизни. Я была пьяна, не в себе, сделанные открытия привели меня в бешенство, а сердце билось о грудную клетку, словно человек, в панике пробирающийся сквозь толпу. 1953-й. Мир, в котором только что кончилась война и началась другая, словно дьяволов хвост, отрастающий на месте отрубленного. Как и в прошлый раз, были и враги, и мобилизация, только сейчас к ним прибавились ядерное оружие, кладбища ветеранов, отказывающиеся хоронить чернокожих, указания властей, куда смотреть при ядерной вспышке, под каким сооружением прятаться, когда завоют сирены. А ведь они наверняка знали, что это безумие — смотреть, прятаться и вообще что-то делать, кроме как лечь наземь и принять смерть на одном дыхании. Были слушания подкомитетов, а в телевизоре Шиди спрашивал Маклейна: «Вы что, красный?», после чего Маклейн плеснул ему в лицо водой, а Шиди ответил тем же и сбил с него очки. Мир, где телеканалам приходилось сегрегировать персонажей сериалов ради зрителей из южных штатов, где с выставки в Сан-Франциско убрали всю обнаженную натуру, так как «местная мать семейства миссис Хатчинс была оскорблена в лучших чувствах», прекрасный остров Эйнджел стал ракетной базой, а белого студента выгнали из колледжа за то, что он сделал предложение чернокожей девушке, и в Триесте митинговали против нас. Восьми лет не прошло, как мы освободили Триест, и вдруг нас там возненавидели... А надо всем этим парил, каждый день появляясь в печати, тот газетный портрет, похожий на фото кроткого Прометея: лицо Этель Розенберг.

Когда дадут отбой тревоги? Разве нам не обещали отбой тревоги, если мы будем хорошими, честными, добрыми, готовыми умереть за то и верить в сё, и все будем делать правильно? Где наш отбой тревоги?

Но это был еще не конец. Невидимый мир, теперь сделавшийся очевидным, как те шифры, которые можно прочесть только в специальных очках. Это было всегда: список мужчин, арестованных за преступления на сексуальной почве, четверть из них — за соития с мужчинами, список имен прямо в газете, сразу после призыва «сломить хребет» воображаемой угрозе безопасности — едва подтвержденной и уж точно не подлежащей критике, — сотни сотрудников Госдепартамента, уволенных за слухи о непристойных поползновениях. Белый флотский врач, оправданный судом после того, как выколол глаза чернокожему, который предложил ему «нечистое извращенное соитие». И молодой Норман Вонг, улыбчивый, в изящном черном костюме, обремененный четырнадцатитысячным долгом за садовую ферму, который упросил белого военного летчика — своего любовника — убить свою жену ради страховки. Он повторял: «Я слишком сильно ее любил, чтобы самому застрелить». На фото некрасивая Сильвия Вонг, неубиваемая жена, в застегнутой под горло блузке, скрывающей раны, плакала в зале суда, потому что любила Нормана, а если его посадят, ей придется ждать два года, чтобы родить ему детей.

Позднее я пошла в библиотеку, чтобы посмотреть в лицо своим худшим страхам, заставила себя читать о вещах, которые даже судебный стенограф счел слишком «отталкивающими», чтобы приобщать к делу. Полицейские подглядывали в окна и замочные скважины, сверлили дырки в стенах, делали фальшивые потолки, чтобы лежать на стропилах и шпионить за бедными, ничего не подозревающими мужчинами. Максимальное наказание за такие преступления, как я узнала, только что повысили до пожизненного. А если не тюрьма, то регистрация в списке сексуальных маньяков. Дом моего сына будет навсегда отмечен красной галочкой. А потом я прочла про альтернативу и похолодела: стерилизация. Я не смогла узнать, исключили ли «извращенцев» к 1953 году из числа стерилизуемых, я обнаружила поразительную цифру: из-за этого мужское население Калифорнии сократилось. На двадцать тысяч. Я сдала эти книги в том же виде, в каком получила: с загнутыми страницами, засаленными, в пятнах, потрепанными, изорванными отчаявшимися читателями, которые предшествовали мне. В тот вечер я словно помешалась, и эти газетные вырезки стояли передо мной как преступники на опознании и глядели перед собой мутными глазами. Каждая представляла часть мира, который открыл мне Базз. Вся ложь и умолчания целого народа. Теперь сердцу Холланда придется это выдержать. Словно слуга, пробующий королевские яства, я съела свою порцию яда и больше не могла — не могла проглотить ни кусочка того мира, который пыталась от него спрятать.

Я достала перчатки, которые подарил мне Базз, и надела их. Красная птичка затрепетала на ладони. Я сжала руку в кулак и с ужасом почувствовала, как она трепыхается, силясь выбраться.

Телефонистка приветливо поздоровалась, и я велела ей набрать EX-brook 2–8600. Ответил скрипучий голос, похожий на сверчка. Я попросила соединить меня с мистером Драмером, будьте добры, а обладательница голоса ответила, мол, девушка, кто же звонит в такую рань. Я ответила, что это вопрос жизни и смерти, и ее, кажется, проняло. Щелчок — и мне отвечает сонный мужской голос, повторяющий:

— Перли? Перли?

— Я должна защитить сына, — сказала я.

Он спросил, буду ли я ему помогать.

— А я тебе о чем говорю?

Я сидела и смотрела, как рассветает, а он рассказывал, что мне нужно сделать. Снаружи, с крыльца, донесся дребезжащий звук стеклянных бутылок. Завелся и уехал грузовик. А я могла только сидеть на кушетке и слушать, слегка дрожа и думая, что все вокруг, наверное, оптическая иллюзия — даже те, кого мы любим. Мы думаем, что знаем их как облупленных, — как бы не так. Они огранены самым причудливым образом, у них сотни тайных граней, которые и за жизнь не успеешь обнаружить все. Острых как бритва, страшных граней. Я слышала Базза, нашептывавшего мне в ухо. Я могу спасти если не брак, то сына. Жизнь можно поменять, она может быть лучше, точно как ты мечтала, можно построить жизнь на утесе над бушующим миром. Выбирай: это или ничего. Третьего было не дано в те далекие времена, на моем аванпосте у моря. Только не для меня, чернокожей женщины.

II

Я никогда не забуду Эланду Гуд Робсон, жену певца Поля Робсона, которая в тот год давала показания в Конгрессе. Кон и Маккарти спрашивали, не коммунистка ли она, а эта гордая афроамериканка в цветастом платье и шляпке отказалась отвечать, сославшись на Пятую и Пятнадцатую поправки.

— Пятнадцатую? — переспросил сконфуженный Рой Кон.

— Да, Пятнадцатую, — царственно отвечала миссис Робсон. — Знаете, я чернокожая. И, как чернокожую, меня научили пользоваться защитой Пятнадцатой поправки.

Кон сказал ей, что это ерунда — Пятнадцатая касается избирательного права. Но она покачала головой:

— Я всегда прибегала к защите этой поправки... Видите ли, в этой стране я гражданин второго сорта и, следовательно, чувствую необходимость в Пятнадцатой. Именно поэтому я ей и пользуюсь. Я не равная остальным, белым людям.

Кон больше ничего не смог от нее добиться, ее трактовка жизни в этой стране не поддавалась переводу.

Про Эланду Гуд Робсон не рассказывают в школах. В учебниках среди мириад сражений и мирных договоров нет места для жен. Но я никогда не забывала ее слов о том, что ей нужна дополнительная защита. Они сияли в моей памяти. Они направляли меня, как секстант.

Мы были единственной семьей в Сансете. Все было бы иначе, будь у меня подруга, какая-нибудь темнокожая женщина, которая могла бы спрятать нас с Сыночком у себя в комнате для шитья, как она спрятала бы побитую жену. Я могла бы броситься к ней в объятия. Но я не была побитой женой, я была по-своему любима. И у меня не было такой подруги. Даже к Эдит, единственной еврейке нашего квартала, которая на своей стороне улицы была столь же одинока, я не могла обратиться. О том, чтобы нам с Сыночком той ночью сбежать, не было и речи. Вообразите: афроамериканка бредет по шоссе со своим сыном-калекой, надеясь на помощь таких же, как она, мигрантов. Так его не спасешь. Логично было бы обратиться к негритянской общине в Филморе, но с тем миром мы тоже оборвали связи.

Тогда я винила его теток. Они утверждали, что их семья родом с Гавайев и по отцовской линии ведет происхождение от дочери вест-индского морского капитана и внука Джеймса Кука. Эта очаровательная, хотя и неправдоподобная легенда позволяла им чувствовать себя особенными. Они были типичными представительницами старой афроамериканской общины Сан-Франциско: начитанные, умные, пекущиеся об устроении правильных браков. Мужчины ходили с тросточками, а женщины носили камеи с вырезанными на них лицами белых людей. Они считали себя не такими, как остальные люди их расы, — и Холланд тоже. Я помню, на одном из первых ужинов, приготовленных мной для тетушек, они мне сказали:

— Может, четыре-пять поколений назад у нас и был африканский предок, но, как видишь, европейская кровь разбавила африканскую.

Я выслушала эту речь с изумлением, почти с восхищением. Какая привлекательная фантазия: верить, что можно оставить позади расовые проблемы.

Однако они были сторонницами сегрегации.

— Мы предпочитаем так, — говорили они нам с Холландом. — Чернокожие должны вместе работать, есть и делать покупки.

Они хотели, чтобы мы с Холландом продали «Сансетское имение», как они его называли, и переехали поближе к ним, в Филмор, в афроамериканский район, где становилось тесно от семей, которым не хотели сдавать жилье в других местах, но я воспротивилась. В душе я хотела другой жизни, лучшей. Вот мы и жили у океана, вдали от сородичей. Возможно, это было неправильное решение, может быть, мы старались сойти за белых — и тети, и сам Холланд. Но я помню, как весной того самого 1953 года в Сан-Франциско приезжал Тэргуд Маршалл, и в газете писали, что, по его словам, некоторые чернокожие предпочитают служить в сегрегированной армии, потому что там они могут стать генералами. Может быть, тети предпочитали сегрегированный Сан-Франциско, потому что в этом мирке они могли дорасти до градоначальниц. Они не видели, что происходит, не замечали того, что вот-вот случится в нашей стране. Бедные старушки, мне кажется, им было слишком страшно.

Конечно же, я была виновата не меньше. Я была запугана, как и все, я знала, в какой опасности мой муж. Он что, не видел недавнее фото из Комптона, в одном дне езды от нас, — горящего креста во дворе чернокожего, баллотирующегося в Сенат? Или его я тоже вырезала? Какое ужасное время для таких мужчин, как он. Я не знала, как бороться с белым мужчиной, я родилась без этой мышцы. Но я знала одно: молчание, словно экзотический яд без запаха и вкуса, исподволь ввергает жертву в безумие. Я ополоумела от страха и стыда, мой тщательно выстроенный мир смело торнадо, в меня летели обломки стен и окон, и все, что я могла, — это скорчиться и ждать, когда стихнет. Мои сомнения, мои вопросы — я закупорила их, как бабочек в морилке. Долг жены все еще слегка окрашивал мои действия, я хотела защитить Холланда и его прошлое. Бабз очень доходчиво все разъяснил, но жизнь моя все так же текла в неровном ритме смещенного сердца, и я чувствовала себя медсестрой, которая, обходя ночью палаты, обнаружила, что ее пациенты сбежали. Чью жизнь ей теперь спасать? Свою?

Оказалось, что я не могу спать, все вспоминаю, как случай свел нас вместе — дважды, — и, как женщина, несущая фамильные драгоценности в ломбард, прикидываю, что мне это даст, чего оно стоит, чем я собираюсь пожертвовать. Не только нашим браком, но и всем, что мы делали по пути к нему, нашей тайной историей. Историей любви, можно сказать. Это была простая история военных лет, но этой версией я не делилась ни с чужими, ни с друзьями. Я держала ее в секрете. Думала, что мы оставили ее в прошлом, позади, внизу, но вот она возникает опять, по ночам, всплывает, словно труп со дна.

Стояло лето 1943-го, нам еще не исполнилось и двадцати. Однажды вечером мать Холланда вручила ему повестку, она принесла ее на крыльцо — мы там слушали радио.

— Ты смотри, — сказал он.

Он был тихим парнем, нельзя было понять, что он думает о смерти. Может, он ничего о ней не знает или боится ее до тошноты, но его мать, суровая худая вдова, была с ней хорошо знакома. Она четко сказала:

— Значит, так. Не подписывай ее. Это не наша война. Я тебя не отдам.

Холланд обернул ко мне свое красивое квадратное лицо, отхлебнул чаю, и тут мы услышали, как в его стакане звякают льдинки: рука дрожала. Бедные перепуганные юноши, которых призывали на битву. Грядущий конец юности чувствовался как ураган, надвигающийся на город.

— Перли, ты что думаешь? — спросил он меня. Он вытирал платком лоб, потемневший на летнем солнце. В волосах блестели капли пота.

Холланд, помнишь, как я потрясенно молчала? Сидела там в кресле-качалке и не говорила ни слова? В фонаре, как банковская сигнализация, жужжала застрявшая там пчела. Мы раскачивались взад-вперед под радио, игравшее, представьте себе, «Не отпускай меня». Наконец я собралась с духом и подняла на тебя глаза. На твое красивое лицо, на дрожащую руку. Я знала, чего хочу, но понятия не имела, есть ли у меня право хотеть этого, и не знала, как сказать: «Не уходи, ты мне нужен. Что за жизнь без тебя?» Я сказала только: «Ой!» Ты пристально посмотрел на меня и, кажется, понял. И больше мы на эту тему не говорили.

Холланд решил — мужчинам часто достается роскошь принимать решения — не делать ничего. Срок его повестки пришел и прошел, а коричневая бумажка, прикрепленная над кроватью ржавой кнопкой, побелела на солнце. Его мать, знавшая, чем чревато не явиться в срок, однажды утром вошла в комнату Холланда и, опустив шторы, сорвала регистрационную форму со стены. Когда она уже выходила из полутемной комнаты, Холланд сел в кровати и спросил, что она делает.

— Выбрасываю ее.

— Но я собирался ее отправить.

Она стояла в коридоре, вытирая руки о цветастое домашнее платье. Она была вдовой фермера и привыкла защищать то, что мир пытался отобрать у нее.

— Ее нельзя отправлять.

— Я отправлю.

— Я уже сказала соседям, что ты уехал в понедельник. Не поднимай штору и не сходи вниз, слышишь? Я уже все решила.

Не говоря больше ни слова, она спустилась вниз, а он остался в спальне, без света, если не считать луча, падавшего сквозь дыру в шторе и освещавшего пыльную колоду карт. Холланд стоял и смотрел на штору. А потом закрыл дверь.

Как ты выжил? Твой мир сжался до каюты моряка: лишенная солнца спальня, ночной горшок и три фута коридора, которые не было видно из окна. Тебе запрещалось выходить на улицу, стоять у окна, петь, бросать мяч об стенку — иными словами, запрещалось быть мальчиком. Ты был монахом, окруженным тишиной и книгами, которые приносила я, ты был изолирован от опасностей внешнего мира. Как ты не сломался, зная, что стоит соседу тебя увидеть, и к вечеру сюда явится весь город, тебя вымажут желтой краской и будут стучать в кастрюли в ярости на уклониста, трусливого афроамериканца? Знаю, ты изучил каждое сражение этой войны, каждый корабль с темнокожими солдатами на борту, отправленный через океан и разлетевшийся в мелкие щепки. Ты следил за цифрами потерь, как другие мальчишки следят за бейсбольной статистикой, — я знала, это для того, чтобы прикоснуться к настоящему миру, дать ему себя ранить, почувствовать себя живым. Ты жил в зазеркалье, в дупле дерева, в мире без смерти, созданном для тебя женщинами.

Я навещала его в тюрьме, оклеенной газетными вырезками. Приходила несколько раз в неделю с нотной тетрадью в руке. Его мать садилась внизу, одна, и играла на дрянном пианино — предполагалось, что я беру уроки музыки.

Играла всегда одно и то же: «Где или когда». А я поднималась наверх, к ее сыну. Всегда приносила книги, спрятанные в нотной тетради, — кажется, я перебрала всю библиотеку. И мы читали вместе, в тишине или перешептываясь, пока не приходила пора мне возвращаться в странный солнечный мир, которого он не видел.

Я помню каждый угол твоей комнаты. Конечно, я ведь была влюблена. Лассо, висевшее у окна, словно змея. Твою железную кровать, крашенную в гигиеничный белый цвет, провисшую, как тюремная койка. Не отбрасывающую тени статуэтку — индейца на коне. Твою куртку с медными заклепками, которую я одалживала холодными вечерами. Еще я помню твое лицо в тусклом свете, улыбку, расцветавшую, когда я приходила. Твой молчаливый силуэт у закрытой шторы: широкоплечий, с тощими ногами и отросшими волосами. Как ты одними губами говорил: «Привет» — и жестом приглашал сесть рядом. Я вверила твою комнату памяти. Сказала себе: мол, это для того, чтобы в пасмурные дни можно было ориентироваться в душной темноте, как в игре в жмурки. На самом деле — для того, чтобы потом, лежа в своей кровати, можно было закрыть глаза и представить, что я рядом с тобой в этой тихой лисьей норе, ставшей твоим миром. Я любила тебя без памяти.

Любил ли ты меня? Было трудно не думать об этом, лежа без сна в те ночи после прихода Базза Драмера и вспоминая месяцы в твоей темной комнате. В каком-то смысле, вероятно, любил: как лев любит дрессировщика, как монета любит карман. Но не так, как я надеялась. Не так, с ужасом осознала я, как ты любил этого белого мужчину.

Но по крайней мере была романтика. Детская романтика, перерастающая в подростковую: вот мы сидим рядом, день за днем, вот возня с книжками переходит в возню с руками.

Это же мечта моей юности — чтобы меня заперли в комнате с тобой, с красавцем Холландом Куком, но, когда она сбылась, я не знала, что делать. Юные неумелы в любви. Словно вам подарили аэроплан, и вы прыгаете в кабину, готовясь взлететь, как всегда мечтали, но только понятия не имеете, как его завести и тем более сдвинуть с места. Вот так и мы в той сырой комнате. Глядели друг на друга, а закат освещал шторы, словно киноэкран, и одна щель пламенела красным. Это задало тон будущей совместной жизни — сидение в закупоренной комнате, чтение вслух шепотом, страх разоблачения. Не это ли заставило тебя жениться на мне, гадала я. Дети, прячущиеся от государства, от сердитого отца.

Его мать и я выполняли связанные с войной обязанности. Каким-то образом ей удавалось обходиться одним комплектом карточек и вести дела на ферме, не вызывая подозрений. Она взбивала олеомаргарин, чтобы тот больше походил на масло, и собирала стручки ваточника с обществом «Чернокожие женщины в помощь фронту» (для солдатских пуховых жилетов), а я заказала плакат и повесила его в окне — синий дом и большие красные буквы: ЭТО ДОМ ПОБЕДЫ — МЫ ЭКОНОМИМ, КОНСЕРВИРУЕМ И ОТКАЗЫВАЕМСЯ РАСПРОСТРАНЯТЬ СЛУХИ! Мы не просто изображали сознательных граждан тыла, чтобы получше спрятать нашего ненаглядного мальчика. Мы были хорошими людьми, мы были готовы есть фальшивый яблочный пирог, чтобы у мальчиков на фронте были настоящие яблоки. Это была справедливая война. Только не наша.

Холланд, ты кивал, когда мы говорили тебе, что чернокожих используют как пушечное мясо: либо их отправляют на смертельные задания, либо посылают работать в столовые, где они взлетают на воздух вместе с белыми парнями, которых обслуживают. Тебя нельзя винить. Пусть тогда винят и остальных, кто прятался, — мужчин, которые занялись ловом трески ради отсрочки, и женщин, подделывавших продуктовые карточки, чтобы испечь свадебный торт. Все мы до какой-то степени готовы на обман, а ты делал это вовсе не ради куска сливочного масла. Позже ты все отработал.

Не заболей он, мог бы переждать всю войну. Я сидела в темноте у его постели, держала огненно-горячую руку, шептала ему: держись, держись, — а его мать, ополоумев от горя, все спрашивала меня: «Что делать, Перли, что нам делать?» В конце концов перед самым рассветом я объявила, что нам нужно позвать врача. Я приняла это решение в одиночку. Однако донес не врач. Врач оказался добрым, старомодным белым, он пах виски, лечил больные зубы жидким каучуком и накладывал швы из кетгута с точностью, унаследованной от матери-белошвейки. Донесли соседи — они слышали, как утром к дому подъехала машина, и видели на пороге совершенно здоровую вдову, которая жестами приглашала зайти в дом. Не прошло и суток, как приехала полиция с армейским офицером, и Холланда выволокли из дома, еще в испарине, и посадили в «форд», а я истошно кричала, высунувшись в окно гостиной, словно из меня по живому выдирали нервы. В моем представлении я его убила.

— Тебя мать заставила это сделать, парень? — спросил Холланда офицер. Он сидел в идеально квадратной комнатке с одним длинным окном. На замерзшем стекле моталась туда-сюда тень остролиста.

Нет-нет, отвечал Холланд, не глядя на него. Затем он указал, что, собственно, ничего не сделал — наоборот, кое-что не стал делать. Мать ни слова ему не сказала.

— Это ты из философских убеждений?

Он сказал, что не знает, и поинтересовался, зачем называть какую-то причину.

Тот вдруг посмотрел Холланду в глаза, и его черты исказила жуткая зеленая рептильная ярость.

— Парень, я не могу записать, что ты просто чертов трусливый негр. На моем участке таких не будет. Это не значит, что ты не пойдешь на фронт. — И, сделав какие-то пометки в блокноте, добавил: — Я сюда уже не вернусь.

В конце концов его призвали и посадили в армейский автобус, мать едва смогла поднять на него глаза и попрощаться. Она оцепенела от горя, стыда и осознания, что все было напрасно. Она поцеловала его, а я подарила старый талисман, который он потом потерял в океане: потускневшее серебряное перо. Я не знала, что еще дать с собой мальчику, отправляющемуся в чистилище. Он повесил его на шею и попытался улыбнуться, а автобус заворчал, увозя его от меня и из родного города. Он больше не бывал в Кентукки и не видел матери — она умерла от сердца следующей весной. Он бы и меня не увидел, если бы слепой случай не провел меня мимо него по пляжу. За эти годы он ни разу не написал.

И тут я осталась одна. Не только потому, что лишилась Холланда, хотя это само по себе было неподъемным горем. Но и потому, что мы жили в маленьком городке. Я была перемазана желтой краской в той же степени, что и миссис Кук, и сам Холланд. Моя семья меня стыдилась, и этот стыд заставил меня уехать от них навсегда.

Шел 1944 год, и его судно не пробыло в море и двух недель, когда их взорвали, и Холланд оказался голым, его темная кожа — в огне, в нефтяной луже посреди Тихого океана. Он дрейфовал на бамбуковом сундуке, этакий Измаил класса 1-А*, разглядывал небо, полыхавшее зеленым и шафрано-

---

* По классификации службы воинского учета США 1-А означает «годен к строевой службе».

вым, барахтался и ждал. Думал ли он, что все это случилось потому, что там, дома, одна девочка пыталась спасти его? Девочка, которая винит себя за то, что разрушила чары, решила позвать врача? Интересно, пришло ли это ему в голову в те жуткие несколько часов, пока его не нашли. Утопающего, который хватался за любую руку. Возможно, он так и остался в том море.

Солнце вместе с кораблем погрузилось в коричневую воду. Появились светлячки спасательных шлюпок, в темноте раздались крики, и Холланда нашли бормочущим что-то про перо. Его отвезли на медицинский катер, а затем в переполненную больницу, где его по ошибке положили в одну палату с белым, который несколько дней лежал и спал, а однажды утром, когда Холланд курил на балконе, проснулся, и Холланд со смехом сказал: «Мертвые восстали». Вот он, тот самый момент. Тогда-то история любви перешла от меня к мужчине на койке, глядящему на представшее ему зрелище. Этот момент, как мельчайшая шестерня тайного механизма, стронул с места наши жизни.

«Любил ли ты меня?» — гадала я, вспоминая все заново. Каждую сцену, каждый образ пришлось разбирать на части в поисках намеков. Я не думала об этом многие годы. Завернула свою историю в бумагу и убрала подальше. Не рассказывала ни единой душе. Вплоть до того дня, когда пошла бродить с Баззом по променаду вдоль моря.

В 1953 году было не так уж много мест, где могли видеться белый мужчина и чернокожая женщина. Я не могла надолго оставить Сыночка с тетушками, а Базз знал только свою часть города, так что я предложила встретиться у океана, в парке развлечений под названием Плейленд-на-море.

Он лежал на океанском берегу парка «Золотые ворота», словно бахрома шарфа, и если у вас хватило бы глупости зайти в ледяную воду и оглянуться на город, то вы увидели бы его силуэт на фоне неба: русские горки, как драконы-стражи, возвышались по бокам от павильонов с азартными играми и ресторанами. Горячие тамалес! Соленые ириски! Бананы в шоколаде! Они стояли в ряд, словно лента комикса. Это место было бы лучшим пляжем в Америке, если б не туманы, из-за которых на мол отваживались выйти лишь немногие: русские, тоскующие о потерянной родине, тайные любовники и те, кому, как и нам, надо было спрятаться под облачным покровом.

Я рассказала ему свою историю под пение туманных сирен слева и колибри справа. А когда я умолкла, Базз снял мягкую шляпу, и его золотые волосы засияли. Ветер их не шевелил. Как пусто внутри, когда не осталось секретов: трясешь себя, и ничего не гремит. Ты бескостный, словно анемон. Мимо в сторону комнаты смеха пробежали дети, охваченные восторгом и ужасом одновременно. Я очень внимательно наблюдала за Баззом, но недостаточно его знала, чтобы угадать настроение, заметить морщинки возле глаз, указывающие на гнев или недоверие. Я пыталась понять, как он воспринял мою историю. Он всегда считал Холланда героем войны, прекрасным раненым солдатом, и я думала, не подпортит ли эта история его образ: к восковой статуе поднесли свечу.

— Я не жду, что ты поймешь, — твердо сказала я.

Базз некоторое время думал, нахмурив лоб, потом спросил:

— Как твои родители не заметили? Учишься играть на пианино, исчезаешь с книжками. Могли бы догадаться.

— Они не особо обращали на меня внимание.

Он сказал, что это глупо, ведь я же их дочь.

— Я была... — начала я, запахивая поплотнее пальто. — Я была не то, что он хотел.

— Это должно быть ужасно, — сказал он, но я не могла на него смотреть и не поняла, о ком он — о моем отце или моем муже.

— Холланду было хуже. Его у всех на глазах выволокли из дому.

— Не знаю, — сказал Базз. — Возможно, тебе было хуже. Всегда хуже тому, кто остается.

Мы, жены, всегда защищаем свою территорию. Не только когда речь идет о мужьях, сыновьях и домах — о болезненном прошлом тоже. Как китайские солдаты, замурованные в стены замка, чтобы их призраки вечно его охраняли, мы обречены защищать это прошлое, хотя способны только стонать и потрясать цепями. Этот человек пришел за моим мужем, и мне нужно было сказать ему, что он тоже ошибается: существует другой Холланд Кук, с которым он не знаком. Может, Базз и вернулся за своим старым любовником спустя много лет, но знал он его не лучше, чем я.

— Зачем ты рассказала мне эту историю?

— Подумала, что тебе нужно ее услышать.

— Она многое объясняет.

Он шел, повернув голову и наклонившись ко мне.

— Я пожертвовала юностью в родном городе ради того, чтобы ухаживать за ним, — запальчиво сказала я.

— Что я...

— Пожертвовала теми крохами любви, которые у меня там были. Мне пришлось уехать. И я потеряла его.

Базз сказал, что понимает. Он оглянулся по сторонам — возможно, я слишком громко говорила.

— Нет, не понимаешь, — сказала я сдавленным голосом. Базз взял меня за руку выше локтя. Рукав был такой тонкий, что я чувствовала его сбивчивый пульс. — И ничего ты не поймешь. И зря ты думаешь, что хорошо его знаешь.

— Я не утверждаю, что знаю его.

— Но ты сказал...

— Когда я увидел Холланда там, в госпитале, в психиатрическом госпитале, о котором он тебе не рассказывал, — это был самый красивый человек на свете. И самый несчастный. У него была контузия. — Тут он отпустил меня, и я отодвинулась. — Он немного оклемался к тому времени, когда положили меня, но он был как... гипсовый слепок, только оболочка, а внутри ничего. Такой хрупкий, тихий — я стал о нем заботиться. Я едва мог позаботиться о себе, но ему было еще хуже, думаю. Я влюбился не потому, что узнал его.

— Обо мне он не упоминал, судя по всему.

Базз помотал головой.

— Он вспоминал Кентукки, словно это было миллион лет назад. Но я знал, кто ты.

— Но не знал, чего я лишилась.

— Я не знал о войне. Ты права, мне не понять, каково это, в смысле, каково тебе сейчас. Снова всего лишаться.

Мы прошли мимо автоматона «Тайная вечеря»: апостолы с глазами как у инопланетян и развевающимися на ветру бородами механически двигались, а посреди сидел наш Спаситель, простирая руки в благословляющем жесте. Он двигался плавно, грациозно, будто плыл сквозь туман.

— Но ты делаешь это не для Холланда и не для меня.

Он снял шляпу и крутил ее в руках, словно руль при медленном повороте.

— С такой просьбой я бы к тебе не пришел, никогда бы не осмелился. Я пытался оставить все в прошлом и забыть, разве не это всегда советуют? Езжай путешествовать и забудь, заводи новые знакомства и забудь. По-твоему, я все эти годы сидел и думал, как мне разрушить брак? Будь он счастлив, будь ты счастлива...

— Пока ты не явился, я думала, что счастлива.

Он остановился на тротуаре и посмотрел на меня.

— Это не то же самое, что быть счастливой, Перли.

Мы не двигались, и толпе пришлось нас обтекать. Кто-то недовольно ворчал. Торговец арахисом расталкивал прохожих.

— Ты позвонила мне, — говорил Базз. — Ты знаешь, что делаешь. И это не ради кого-то из нас, может, даже не ради тебя самой. Ты не такая.

Торговец миновал нас, и в помятом металлическом боку его тележки отразились мы, стоящие на тротуаре. То, как мы смотрелись вместе, меня удивило.

— Ради Сыночка. И это я как раз могу понять.

— У тебя нет детей, — сказала я, отворачиваясь от отражения к реальному Баззу.

— Нет, — скривился он.

— Тогда я не думаю, что ты сможешь понять.

— Именно поэтому я пришел к тебе, — сказал он, щурясь от внезапно выглянувшего солнца. — Я почувствовал, что тебе можно доверять. Я за тобой наблюдал.

До того как возникнуть на нашем пороге с двумя подарками, притворившись, что заблудился, он несколько недель осторожно за мной следил. Сидя на скамейке или на автобусной остановке с поднятым воротником, он наблюдал, как малышка Перли Кук, второстепенный персонаж, занимается своими делами. Видимо, такова сила любви.

Он видел меня в прихожей у корзины с грязным бельем — высокой, на колесиках, как у детской коляски, сплошная сталь и санфоризованный хлопок, — бросающей прищепки в карман: домовитый полтергейст за стиркой, глажкой, мытьем посуды. Видел, как я сижу в коридоре за телефонным столиком цвета шартрез, и по тому, как я дергаю мебельные гвоздики, ковыряю дырку в виниловой обивке и рассматриваю потолок, словно на нем зажглись звезды, он, должно быть, понимал, что я говорю с Холландом. Он утверждал, что сделал из этого случайного набора кадров моей жизни вывод: я к нему прислушаюсь.

— И что ты увидел?

— Человека, придавленного тяжелым камнем. Того, кто мне поможет.

Моя жизнь это подтверждала: я девушка, нарушившая закон, чтобы уберечь мальчика от войны. Сообщница в преступлении, не то что другие женщины. Сбежавшая к океану, чтобы отмыть желтую краску — осуждение народа, родителей, государства. Преступница, которую можно вновь, в последний раз, позвать на дело после долгого перерыва, и вовсе не за большой куш. Богатством ее не заинтересовать. Ей надо предложить новую жизнь, а кроме того, как в юности, шанс кого-нибудь спасти. Она будет спасать сына.

— Помоги мне, — снова сказал Базз.

Уверена, мы с ним любили разных людей. Ибо возлюбленный всегда разбит на части: если роман свежий, этих частей не больше дюжины, если мы женаты — их тысяча, а наше сердце собирает из этих осколков целого человека. И все мы создаем, заполняя пробелы воображением, того, кем мы желаем видеть любимого человека. И конечно, чем хуже мы его знаем, тем сильнее любим. Именно поэтому мы всегда помним восторги первой ночи, когда он был еще незнакомцем, и поэтому восторг возвращается только после его смерти.

— Ты уже достаточно попросил.

— Я, наверное, кажусь тебе чудовищем.

— И ты просишь так, словно это пустяк.

— Я знаю, о чем прошу.

Другие женщины так не делали, они не гуляли по набережной под ручку с врагами. Они не мяли в руке красную птичку. Они не бросали вот так свои обязанности, браки, жизни.

— Ты пробовал угрожать?

— Пардон?

— Угрожать.

Он внимательно посмотрел на меня.

— Ты о чем?

Я сердито глядела на него.

— Сам знаешь, о чем я.

Пару секунд я думала, что поймала его. Затем он понял, о чем я думаю, и выдавил слабую восхищенную улыбку.

— Шантаж не пройдет, — тихо сказал он. — Не со мной.

— Я кое-что почитала.

— Я все равно отказываюсь от старой жизни. Я знаю, ты злишься. Но полицией меня больше не напугать. И Холланда тоже, — сказал он, не моргнув. — Его держит что-то другое.

Я чувствовала, как кровь бросается то в голову, то к сердцу — было похоже на пульсирующие боли в конце беременности. «Не больно, — думала я каждый раз, когда в боку начинало пульсировать, — все, о чем я прошу, — чтобы снова не было больно». Все время, прошедшее с последнего визита Базза, я просила боль прекратиться, только это оказалась не боль — это страх волнами накатывал на меня.

— В тот вечер ты сказал «кто-то».

Он посмотрел на меня, сузив глаза.

— На самом деле у тебя на пути стою не я, да?

Там, у волнолома, я удивила нас обоих. Как изощренны мы в нашей способности скрывать от самих себя. Сознание — лишь малая часть нашего разума, медуза, плавающая в широком темном море знания и решений, — потому что даже я поразилась тому, что сказала потом:

— А другая.

———————

Если каким-то чудом я доживу до золотого века, когда расовая война кончится, машины времени станут обычным делом, а человеческая душа будет изучена так же хорошо, как обратная сторона Луны, я вернусь в прошлое и найду ту молодую жену возле волнолома. Я обниму ее своими старческими руками и скажу, что все будет хорошо. Я скажу ей: ты думаешь, что узнала самое ужасное — прежний любовник пришел забрать твоего мужа, — но и это не все, еще и любовница, и все окончательно рассыпается. Но молодые жены не слушают старух. Их страхи еще так свежи, и нельзя помыслить, что их чувствует каждый.

— У них не может быть серьезно, — сказала я.

Он помолчал, подбирая слова.

— Мне нужна твоя помощь, там все сложно.

— Но как же ты... если у него женщина...

— Это ничего не меняет, — замотал он головой.

Я смотрела на него в крайнем изумлении — как это ничего не меняет? Мой муж снова вызывал сомнения. Женщина. Конечно же, это все меняет. Мужчина не может быть всем сразу, никто не может. Мы не можем принять форму сосуда, в который нас наливают, мы всегда и неизменно мы. Правда? И все же в моей памяти зазвенел велосипедный звонок.

Звук этого звонка всегда раздражал меня — каждую субботу Холланд подвозил Аннабель Делон. Все было просто:

он работал на ее отца и пользовался таким доверием, что ему оказали честь — он отвозил дочь на занятия в университет. Непонятно, почему она не могла водить сама, может быть, отец не разрешал или считал, что у его принцессы должен быть чернокожий шофер. В общем, каждую субботу у Холланда была внеурочная работа: звенел звонок, нарушая мой покой, муж поднимал на меня встревоженные глаза, салфетка ложилась на стол смятой пирамидой, и он целовал меня на прощание. Я волновалась. Не только из-за того, как это выглядело — как всегда выглядел чернокожий мужчина рядом с белой женщиной. Но и из-за его красоты. Словно невидимая электрическая сила, которая вращает мотор, но сама не шевелится, его красота, похоже, зажигала в других страсть. Таков был его невинный дар. Но отец не напрасно доверял ему: Холланд никогда бы не обманул это доверие намеренно. Однако девушка могла. Он был невинен, как невинен бессмысленный цветок, открывающийся по утрам. Велосипедный звонок во дворе, брошенная на стол салфетка. Я знала, что может случиться, причем с кем угодно.

— Она помеха. Он сейчас находится в такой точке жизни, что не понимает, кто он и чего хочет. Ему трудно. Он перебирает варианты, и она — один из вариантов. Ты и Сыночек — другой. А теперь появился я.

— О чем ты?

— Ты вряд ли замечаешь, но он в панике. Он не знает, как он хочет жить дальше.

— Он же не собирается уходить к ней...

— Нет, но ситуация затруднительная.

— О, об этом я все знаю. С белой девушкой шутки плохи. Они такое могут выдумать... — Я разочарованно подняла руки: — Тети были правы.

— Что?

Холланд болен, но вовсе не так, как я думала. Дурная кровь, порочное сердце. Болезнь человека, дрейфующего в море, полумертвого, в зеленом свете нефтяного пламени, кричащего в пустой горизонт, просто чтобы услышать свое эхо. Чтобы убедиться, что жив. Мужчина в госпитале, девушка по соседству — это то же самое. Привидение, бьющее тарелки, чтобы кто-нибудь понял, что оно тут. Я не спасла его, я только замаскировала боль, как морфий.

Мы прошли мимо шумного автодрома. Среди криков и писклявого смеха я ощущала нервирующее присутствие статического электричества, которое проходило сквозь меня на пути куда-то еще.

— Не хочется тебя об этом спрашивать, но придется, — сказала я. — У него правда слабое сердце?

— Что такое?

Я объяснила, и он взглянул на меня без тени осуждения. Словно понимал, сколько всего можно нафантазировать про Холланда Кука, сколько объяснений придумать. Но в госпитале у моего мужа не нашли никаких физических болезней. Сердце у него было здоровое.

Я закусила губу, чтобы не заплакать при этом человеке. Стала смотреть на пару чаек — они сидели на каком-то столбике и дрались за еду, с каждым ударом красных клювов теряя свою неустойчивую опору.

— Поговори с Аннабель, — прошептал Базз в сгущающихся сумерках.

— Этого я не могу.

— Пожалуйста, попытайся. По-женски.

— Мне нечего ей сказать. Я не могу подойти к белой девушке и попросить...

— Просто попробуй.

Я тщательно это взвесила. И попросила взамен о простой вещи.

Мы дошли до дальнего конца парка, где вторые русские горки свивали шеи в драконьи кольца над штукой, которая тогда называлась «поезд ужасов». Над входом горели огненные буквы ЛИМБ — и пары смеющихся подростков заезжали внутрь в тряских вагончиках и выезжали наружу, взволнованные, красные, с размазанной помадой. Это был не очень-то детский аттракцион, не тоннель с привидениями. Это был механизм, быть может, похожий на тот, что конструировали мы с Баззом, тот, что каждый из нас пытался соорудить, — с историями, сюрпризами и романтически подсвеченными комнатами, механизм, нацеленный на то, чтобы подтолкнуть сердце к действию. Во времена моей мамы такие штуки назывались «тоннель любви».

Я смотрела, как из тоннеля выехала белая пара. Девушка с ярким макияжем и в мальчишеских джинсах, с растрепанными волосами, громко смеялась чему-то, что услышала или увидела внутри. Парень пытался ее успокоить, но она все отпихивала его руку, трясла головой и хохотала. Такие молодые, подумала я. Но это была неправда. Они были не моложе нас с Баззом.

Я попросила у него денег.

— Для нас с Сыночком.

Базз сказал, что понимает.

— Но у меня на руках нет больших сумм. Все вложено.

— Принимая во внимание то, о чем ты меня просишь...

— Конечно, конечно. Но я должен действовать осторожно. Эти деньги — все, что у меня есть. Ты можешь уехать. С Сыночком. Просто сняться с места и бросить меня. А ты мне нужна.

— Ты не понимаешь. Ну как мы возьмем и уедем?

Некоторое время он смотрел на меня и моргал.

— Сколько ты хочешь?

Я подумала.

— Сто долларов?

По его лицу я поняла, что прошу слишком мало. Он был потрясен, даже позабавлен. Переварив мои слова, он быстро достал бумажник и принялся отсчитывать мне хрустящие зеленые купюры. Надо было просить больше. Двести, пятьсот — кто знает, сколько он мог бы мне дать? Кто знает, сколько было бы в самый раз? Невозможно точно угадать свою цену.

— Смотри, — я показала ему потертую исписанную купюру.

— О, — тихо произнес он в темноте, — солдатский доллар.

Купюра была подписана личным составом дивизии — Седьмой пехотной. Была такая традиция: перед отправкой на Аляску и затем в Перл-Харбор все солдаты подписывали кучу бумажных долларов и спускали их в баре. В Сан-Франциско они все время попадались, хотя в 53-м году уже стали редкостью. Память об обреченных мальчиках, крупица бессмертия. Я положила ее в сумочку вместе с остальными.

— Темнеет, — сказала я.

— Верь мне, Перли, — сказал он, поворачиваясь, чтобы купить мне содовую.

Мог бы не говорить этого. Совершенно одинокая в своем Сансете, я была вынуждена довериться богатому белому мужчине. Больше идти было не к кому. Базз разговаривал с продавцом, его профиль четко вырисовывался на фоне океана, и сломанный нос был заметен как никогда. Это лицо станет первым, что Холланд будет видеть утром, и последним — вечером, где бы они ни решили жить. Говорят, существует много миров, в которых мы выбрали другие жизненные дороги, и в любом из них Базз был бы моим врагом. Но я оценила опасности и сделала выбор. У меня не было других миров — только этот. В течение войны союзников, бывает, меняют, и, чтобы избавить Сыночка от этого бедлама, я была готова принять от этого мужчины если не дружбу, то, во всяком случае, осторожный мир.

Я оглянулась на старый парк развлечений. Теперь его уже нет. Снесен много лет назад, а до того успел стать неприветливым и темным местом: поломанные аттракционы не чинились, а карамель для попкорна столько раз разогревали и использовали снова, что его уже никто не покупал. Он уже тогда был старомодным, осколок утраченного времени: зеркала в комнате смеха, искажавшие обычный мир, заряды воздуха, поднимавшие женские юбки, и сами горки с их скачками и тряской — каким-то образом они вырвались наружу, и в стране все исказилось, затряслось и встало с ног на голову. Веселье и свобода, страх и неволя — лишь океан остался как был. Снесен — и сожжен частично самими владельцами, отчаявшимися настолько, чтобы пытаться выдоить последний грош из старого разваленного Плейленда-на-море. Я не говорю, что любила его или что мне его не хватает. Я говорю только, что его нет.

— Это безумие, — сказала я Баззу. — Я просто поговорю с Холландом.

— Нет, — очень твердо сказал он.

— Почему?

— Я... я беру на себя Холланда.

— Я его жена, — надменно сказала я, выпрямившись вдоль волнолома. — Думаю, я достаточно хорошо его знаю.

Полная смехотворность этого заявления повергла нас обоих в молчание. А рядом приходили и уходили люди с детьми, с шариками и мягкими игрушками в руках, с лицами, перемазанными шоколадом и мороженым. Я принялась смеяться над абсурдом всего происходящего и не могла остановиться. Оторопь и облегчение были такими, словно грозовая туча разразилась наконец дождем. Опершись о тележку торговца, я хватала ртом воздух, не в силах перестать смеяться, пока не заметила, что Базз тоже смеется. Он тряс головой и фыркал от удовольствия. Тогда я и почувствовала это в первый раз. Когда мы отдышались и уставились друг на друга со вздохом, я ощутила между нами специфическую связь.

Начался закат, туман слегка порозовел. И наконец вдоль всего Плейленда зажглись огни — тысяча фонарей или даже больше засияли вдоль изгибов русских горок и осветили береговую линию нашего города так, что во время войны мы бы стали удобной мишенью. Инстинктивное желание притушить их было еще сильно — остаток исчезнувшего мира. Потому что сейчас наступило время благословенного мира.

А затем Базз сделал удивительную вещь. Весь в пятнах ярмарочных огней, он повернулся ко мне и взял мою руку в свою. Я засопротивлялась — я видела себя так, как видели меня те, кто проходил мимо по тротуару: чернокожая женщина в бедной одежде оживленно беседует с красиво одетым белым мужчиной. Он держал мою руку так, что никто бы не заподозрил, что он задумал увести у меня мужа. Что за годы, наполненные сердечной болью, он выносил план того, как навсегда изменить мою жизнь. Он держал крепко и не дал мне высвободиться. Не знаю, что держит вместе частицы атома, но людей между собой, похоже, соединяет боль.

Я не знала, что думать об Этель Розенберг, еврейской жене, приговоренной за то, что помогала мужу передать Советскому Союзу ядерную тайну. На зернистых снимках из зала суда ее лицо казалось твердым, как у фарфоровой куклы, а тело — окоченевшим от гнева. Она была в старомодной шляпке и бедном суконном пальто. Ее заставили принять на себя позор за все дело Розенбергов — даже брат свидетельствовал в суде против нее, — а когда ее наконец приговорили к смерти, родня отказалась брать к себе детей. Они отправились в приют. Согласно тогдашнему общему мнению, Этель виновата тем, что все это допустила. Неблагодарная еврейка предала страну, освободившую ее народ, осиротила своих детей, покрыла позором честную фамилию — все потому, что не посмела перечить мужу-безумцу. Даже моя соседка Эдит чувствовала себя опозоренной.

Теперь отперты все тайные шкафчики, обнародованы пожелтевшие правительственные документы, прозвучало признание ее теперь уже покойного брата, и мы знаем правду: Этель Розенберг, урожденная Этель Грингласс, не была шпионкой. Но это ничего не меняет, потому что шпионкой ее никто не называл. Ее приговорили к смерти, как выразился судья, за то, что она не «удержала» своего мужа. Своего красавца Юлиуса, преданного революции. Судья сказал, что ее молчание — не действия, а молчание! — изменило ход истории, что еврейская жена с вялым подбородком и красивым певческим голосом спровоцировала войну в Корее, подъем коммунизма, гибель многих наших солдат и, возможно, конец света. Нерадивые жены приблизят нашу кончину. Так что ей пришлось умереть.

«Обними меня, — писала Этель мужу в Синг-Синге, — мое сердце отяжелело от тоски по тебе». Каким таким заколдованным кругом он очертил ее, заставив молчать? Читая их страстные письма, представляя, как она пела ему «Гуднайт, Айрин» через стенку камеры, и глядя на фото, где они целуются, я пыталась посочувствовать ей. Хорошей жене. Плохой американке. Плохой матери. На полицейском снимке она выглядела будто из прошлого века: блузка, камея, волосы непослушные и растрепанные — иммигрантка, только что прибывшая из пылающей страны, смотрит мимо камеры, словно проникла взглядом сквозь стену и видит стул, который ее ждет. Сжатые губы демонстрируют какой-то нездоровый накал страсти, которая стоила и ее жизни, и жизни сыновей, и всех наших жизней. И молчит, продолжает молчать, хотя это уже давно никому не поможет. За кого она сражалась? За любимого Юлиуса? За себя?

— Бедная Этель, — только и могла прошептать я, а мой муж поднимал глаза от своей изрезанной газеты и клал ладонь на мою руку:

— У чернокожих свои проблемы.

Это, в общем, было правдой.

Холланд Кук каждый день целовал меня на прощание в восемь утра и при встрече в шесть вечера — прекрасный и обязательный, словно фазы Луны. Я клала в его бокалы лед из все того же завывающего холодильника, вешала на веревку все то же белье и утюжила нашу жизнь, выглаживая все до последней морщинки. Он держал меня за руку, сладко улыбался, как старый любовник, и я улыбалась в ответ. И все это было ненастоящим. После признания Базза все это стало похоже на движения механических кукол, когда в щель опустили монету. Или лучше: стало похоже на сон.

Сегодня любая женщина взяла бы и развелась, но тогда для развода требовались правовые основания. Безумие, пьянство. Конечно, можно было заявить об измене, но из рассказов тетушек я знала, что раздобыть доказательства бывает очень трудно. В моих подозрениях насчет Аннабель я представляла, как выслеживаю любовников, направляющихся на свидание, и вижу, как мой муж и его предполагаемая зазноба уединяются в «плимуте», затуманивая окна горячим дыханием. Но Базз убедил меня, что это неразумная идея. Невозможно объяснить, почему любовь внушает нам потребность увидеть воочию те самые сцены, которые нас прикончат.

Вопреки этим безумным откровениям я не могла уйти от него. Он был первой любовью не только Базза, но и моей, у нас была общая болезнь, она жила в нашей крови, накатывая и отступая, как малярия. Кто бы смог уйти, пока не наступил последний момент, да и после него, если он все равно может обернуться и протянуть тебе руку? Кто бы не ждал перемен, даже когда они уже невозможны?

Я убеждала себя, что уже не надо о нем заботиться. Каждая чашка кофе, крахмальная рубашка, найденный носок — тысячи нитей, привязывающих меня к мужу. Я представляла себе воздушный шар, привязанный к земле. Одну за другой, думала я, с помощью простых механических действий я отвяжу каждую нить. Стыд и ужас в моем сердце улягутся, с каждым днем мой шар будет становиться все легче. Без боли. Через месяц, три месяца меня едва ли будет волновать, что с ним происходит.

Так что наша жизнь пошла как обычно. Однажды ранним вечером он и Сыночек играли в гостиной на ковре. Любимой игрушкой был парашютист, который, если его подбросить, раскрывал парашют с нарисованным ястребом и плавно опускался на ковер. Лайл, увы, добрался до парашюта и изорвал его в мелкие клочки, и Холланду пришлось починить его с помощью старого хлебного мешка и какой-то бечевки. Я дала Сыночку свой металлический пояс поиграть. По радио говорили о войне: президент обещал скорый ее конец, дескать, даже те, кого сейчас призывают, вряд ли попадут на передовую.

Я смотрела на силуэт мужа на фоне окна, он не изменился. Воспоминание, еще один узел, который надо тихонько развязать:

— Холланд, помнишь свою комнату в Чилдрессе?

Он повернулся ко мне, ничего не говоря. Его напомаженные волосы блестели спиралями. По радио начали говорить о какой-то кинозвезде.

— Не знаю, почему я об этом вспомнила, — сказала я, а лицо начало гореть от его взгляда. — Помнишь, в шторе была дырка, и мы по ней определяли время?

— Не уверен, что помню...

Я тронула его за руку и улыбнулась.

— Ты взял свой ножичек, и воткнул в крышку стола, и нарисовал вокруг солнечные часы, и по ним мы узнавали, когда должен был закончиться урок музыки. И я переставала читать тебе. А твоя мама поднималась к нам. Ты не помнишь?

Сыночек принялся разговаривать с солдатиками.

Холланд посмотрел на мою руку и накрыл ее своей.

— Я помню, как ты мне читала.

— Мама, — сказал Сыночек, — он поломался.

— Я починю, — сказала я, взяла пояс и положила в карман платья.

— Стихи, — сказал он. — Каунти Каллена.

Я спросила, какое стихотворение.

— Про золотую шкатулку.

И тут мой муж сделал потрясающую вещь. Как будто луна, которая освещала каждую ночь твоей молодой жизни, вдруг кувыркнулась в небе и улыбнулась с небес. В глубокой задумчивости он уставился в пол и пробормотал:

— Я укутал мечты покрывалом из шелка...

Затем, подняв глаза на меня:

— И упрятал мечты в золотую шкатулку.

Я вернулась в детство.

Его бронзовое лицо просияло гордостью за то, что он выучил эти стихи за долгие дни в укрытии. Он начал другое:

— Я назначил свидание с жизнью...

И вдруг закрыл глаза, словно от боли, отодвинулся от меня и откинулся в кресле. Он отдал Сыночку починенного солдатика, тот подбросил его к потолку. Солдатик парил над нами несколько бездыханных мгновений. Сыночек был страшно рад и хотел снова его запустить, но Холланд сказал:

— Я нехорошо себя чувствую.

— Что-то с сердцем? — спросила я очень резко.

Все эти годы я спрашивала тебя про сердце — догадался ли ты о безвредной лжи, которую я придумала для себя? Или решил, что это моя личная странность? Так же удивлялся моим тайнам, как я твоим, и так же охотно их прощал: два человека, скрытые покрывалами, идут рука об руку. Возможно, это и есть брак.

Ты сказал:

— Я прилягу ненадолго. Как ты думаешь, Лайл захочет со мной полежать?

— Конечно.

— Лайл, сумасшедшая ты собака, хочешь немножко полежать?

Ты заслужил отдых. Мужчины, побывавшие на войне и видевшие худшее в человеческой жизни, не любят говорить о страхе или думать о нем. Вы сражались за свободу, как раз чтобы никогда не упоминать такие вещи, даже про себя. Стыд, который чувствовала я, должно быть, пронзил тебя глубже, впустив внутрь морскую воду. Я пыталась понять это и приняла за смещенное сердце или нечто очень простое — твою тайну, твою жизнь с этим белым, — или то, что осмыслить гораздо труднее. Надежду на облегчение, на передышку от жизни, которая у тебя была.

Немножко полежать. Не этого ли хочет любой из нас — после Депрессии и войны. После всего, что мы вместе пережили, чем пожертвовали друг для друга. Предложение, которое сделал мне Базз. Этот мужчина, засыпающий на нашем супружеском диване. Может быть, это и есть тот отбой тревоги, который мы ждали.

Но скажи мне — какая картина предстала перед твоим взором, когда ты лежал, а твоя молчаливая собака устраивалась у тебя в ногах? Что умиротворяло тебя перед сном? Окно твоего детства с опущенной шторой, сквозь которую свет шел, как сквозь закрытое веко? Или госпитальное окно с поднятой шторой, освещающее влюбленного мужчину?

Сыночек был из тех мальчиков, что не отпускают мамину руку. Каждый день мы с ним шли на детскую площадку, где младенцы сонно взирали на все из черных старомодных колясок, а дети постарше долбили твердый мерзлый песок в песочнице, пока он не становился мягким, как шелк. Сыночек никогда не делал ни того ни другого. Он подходил к парку боязливо, словно это было озеро. Заходил сначала по колено, потом по пояс, останавливаясь, чтобы привыкнуть к ощущениям (он витал в мечтах, представляя, как вода пропитывает его одежду), затем с улыбкой доставал из кармана игрушку — солдатика, свинку — и клал ее на траву перед собой. И все время не сводил глаз с других детей. Он никогда к ним не приближался. Не присоединялся к играм. Единственный не белый ребенок, он чувствовал, что существует некий безмолвный закон, и, как послушный мальчик, подчинялся ему.

Сто долларов, полученных от Базза, были быстро потрачены. Я сводила Сыночка в зоосад, в парк, покатала его на трамвае по линии L. Сам трамвай, с его румяной скорлупой и вырезанными окнами, казался ему передвижным хэллоуинским фонарем. Он провез нас несколько кварталов по Таравель-стрит до дорогой кондитерской, которую я заранее присмотрела, возле кинотеатра Парксайд. У входа, где деревянный индеец охранял, наверное, сигарную лавку, стоял автомат для продажи жвачки. Маленький мальчик взял у толстой улыбчивой мамы монетку и бросил в щель, явно надеясь услышать звон колокольчика, который возвестит о том, что он выиграл большую конфету.

— Черт, — пробормотал он, получив очередную обычную, полосатую, как шмель. Мама скрестила руки на груди — они с сыном уже долго торчали у автомата.

Древний владелец лавки был реликтом: краснолицый, усатый, шамкающий протезом, штаны натянуты выше круглого живота. Он спросил, чем может нам помочь, и я сказала, что мы хотим купить что-нибудь для сына, — он нахмурил брови и посмотрел на меня поверх очков.

Я наклонилась к Сыночку и спросила:

— Какую ты хочешь?

Пока Сыночек пожирал глазами лавку и все ее чудеса, я поймала на себе любопытный взгляд матери.

Сверкающие банки, выстроенные на прилавке, предлагали, казалось, бесконечный ассортимент наслаждений: длинные ленты жвачки «Бабз дэдди», ядерно-красной, зеленой и фиолетовой, восковые губы, клыки и усики, которые можно носить одну или две восхитительные минуты, пока они не лопнут и не истекут тебе в рот гнусным сиропом, летающие тарелки из хрустящих безвкусных вафель, «безопасные» леденцы с палочкой в виде петли (даже если споткнешься, не проглотишь), гнездившиеся среди настоящих, непонарошечных ярких леденцов, задыхающихся в своих целлофановых капюшонах, сигары и пистолеты из жевательной резинки для юных гангстеров, конфеты в виде губной помады, которые не решится купить ни один мальчишка, и, свернувшиеся веревками в прозрачной банке, восторг моего отца и ужас его внука: бухты лакричных конфет.

Сыночек внимательно изучил банки, словно китайский доктор, пересчитывающий свои снадобья. Долго разглядывал засахаренные фрукты, потом выбрал несколько вишен, пресные тарелки, горку карамели и еще кое-что. Все это деликатно извлекли из банок (как редкую рыбку из аквариума), и вот наконец они во всем блеске легли на восковую бумагу перед его носом. Сыночек, сжав руки, смотрел на них с благоговением. Хозяин не тронулся с места, но сказал:

— Они недешевые, учтите.

— Я заплачу.

— Уж надеюсь.

Долгий обмен сердитыми взглядами. Я с размаху шлепнула на прилавок пять долларов. Карамельные трости подпрыгнули.

Мой сын, помолчав, прошептал:

— Которую мне можно?

Вот бы тогда сфотографировать его лицо. Оторопелый вид, в котором явно проступал, как проявляющиеся детали на фотографической пластине, образ его отца. Которую? Да все, хотела я ему сказать, все и каждую отныне и навсегда. Недостатка не будет ни в чем. Но мое дитя еще не осознало свою ошибку, как и этот ужасный дядька, так что я перевела взгляд на ту белую мамашу, упакованную в синее суконное пальто, и увидела, что она как завороженная глядит на моего осторожного мальчика, пока ее неблагодарный увалень скармливает автомату одну треклятую монету за другой.

Я наклонилась до высоты роста моего сына, такого серьезного, сосредоточенного на своем благоразумном вопросе, и выжидала, смакуя момент, представляя, как загорятся его глаза, когда он услышит мой ответ.

Если сегодня подойти к стойке с газировкой и сказать: «Я хочу самоубийство», хозяин, вероятно, вызовет полицию. Но в то время продавец наставил бы на вас палец пистолетом и, дергая кадыком на каждом слове, произнес: «Не вопрос, приятель». Граненый стакан, поток шипучей кока-колы, а затем проход вдоль всего ряда, по чуть-чуть отравы всех вкусов и ароматов — шоколад, вишня, ваниль, — и вот перед вами ставят чернильно-черный напиток, увенчанный пеной и пахнущий как зелье. С вас пять центов.

Вот что Уильям, продавец сельтерской, приготовил для Аннабель Делон в Колониальной молочной Хасси. Черная прядь свисает на левый глаз, большие руки покоятся на рычагах, а сам он смотрит, как она кладет на прилавок десятицентовик и идет к столику, за которым ждут подруги. Углекислый газ сверкает в воздухе кафетерия. На стене висит календарь с рекламой автозапчастей за 1943 год. Возможно, человек, отрывавший листки с месяцами, ушел на войну и не вернулся, и этот календарь — современный аналог карманных часов в детективах, которые всегда ломаются в нужный момент и показывают время убийства.

Я сидела через два столика от Аннабель, тихо, как вдова в церкви, в задней части кафе — именно там мистер Хасси предпочитал видеть своих чернокожих клиентов. Напротив меня улыбался усталый солдат, лаская стакан с сарсапариллой, словно это было настоящее пиво. Что пила я? Газированную с лимоном, спасибо, Уильям, — таблетка в стакане, быстро утопающая в пузырящемся потоке. Заказ приличной замужней женщины. Я заставила себя пропустить мимо ушей мерзкое слово, которое Уильям пробормотал мне вслед. И вот я сижу, спрятавшись в тень колонны, в лучшей шляпке и пальто, а газировка щиплет нос и светится, словно противоядие от радиации. Я так тщательно все спланировала, а теперь убеждаюсь, что с соперницами мы такие же трусихи, как и с теми, кого любим издалека.

Она не была красавицей. Я пришла к такому выводу, как только увидела, как она собирает губы бантиком вокруг жесткой красной соломинки. Но ей, с ее острым носом, личиком в форме орешка, на котором из-под пудры проступали веснушки (как зерна ванили в сливках), удавалось создавать видимость красоты. Обычная белая девочка, которая научилась вести себя как красотка. Сидела она как русалочка, подобрав под себя ноги, а в голос подпускала деликатного звона, который то и дело рассыпался смешком — так колокольчики, висевшие у моей бабушки на крыльце, то и дело принимались звенеть на ветру. И браслет с подвесками тоже рассыпался солнечными зайчиками, когда все эти сердечки, книжечки и якорьки вспыхивали на солнце, а на груди мерцало одно серебряное кольцо, как обруч акробата. И все время, болтая с подружкой, она барабанила по стопке учебников ластиком с кисточкой на конце.

— Белая в темно-синий горошек, а топ темно-синий в белый горошек.

— Звучит очень мило, солнышко.

— Уж надеюсь, денег-то сколько отдали.

Она оказалась не такой, как я думала и надеялась. Я представляла себе симпатичную пустоголовую жеманницу, а не умную девушку, мечтающую о чем-то большем, чем жизнь в нашем Сансете. Подслушивая их беседу, я узнала, что Аннабель изучает в университете химию, пестуя головокружительную мечту о том, что женщина в 1953 году может стать ученым. Вот о чем она рассказывала, пока подружка, играя с соломинкой, пыталась увлечь ее темами поглупее: о занятиях химией, о том, что преподаватели над ней смеются, отец не одобряет, а сокурсники притесняют. Она говорила обо всем этом с юмором, но круги под глазами, которые не могла скрыть пудра, выдавали ее усталость.

— Ни за что не угадаешь, что они подсунули мне в лабораторную тетрадь.

— Даже знать не хочу.

— Неприличные снимки, конечно. Ужасные, похабные картинки.

— Ну а ты чего?

— Сказала, что это уморительно, конечно же. Что еще мне было делать? Нельзя давать им понять, что тебе обидно.

Взрыв щебечущего смеха: чета молодоженов напротив столика Аннабель, невеста сильно беременная, а жених очень пыльный. Они явно были тут проездом — я видела, что их побитый автомобиль с багажом на крыше спит на обочине. Внутри сидел пес и ерзал от нетерпения. Далеко же они уехали из своей Небраски (судя по номерам), и кто знает, какой надежный план вел их в Мексику или на Аляску. Глядя на них, я не могла не почувствовать, как меня пронзает вечная американская надежда.

Послышалось знакомое имя.

Подружка разразилась радостным смехом:

— Просто роскошно!

— Кто тебе это сказал? — спросила Аннабель, озираясь, но не видя меня. — Это ерунда, я уверена.

— Я думала, уж тебе-то все об этом известно! — и еще один залп заливистого смеха. — Замужняя женщина под носом у супруга...

— Цыц, я его жену даже не видела никогда.

Аннабель Делон опустила глаза на свой шоколадный кексик и, подцепляя ногтями его серебристую гофрированную юбочку, стала раздевать его на столе, как куклу. Мимо пробежал Уильям — что-то ему понадобилось в кладовой.

Затем подружка добавила шепотом:

— Да еще и негритянка.

— Я сказала: цыц.

— А муж у нее красавчик, прямо кинозвезда. — И захихикала: — Тебе ли об этом не знать, да, Аннабель?

— Давай сменим тему.

Серебряная фольга с кекса Аннабель попала в луч света, и по залу, словно фейерверк, полетели синие блестки. Кажется, я услышала, как она вздохнула.

Я нащупала в кармане сломанный пояс, и мне пришла в голову стыдная фантазия: я снова оказалась в парке развлечений, я последовала за мужем и Аннабель под надпись «Лимб» — в тоннель любви, — где они сели в вагончик-катафалк и, взявшись за руки, исчезли в разверстой пасти. Меня пронзила безумная, нелепая мысль: я представила, что сажусь в следующий вагончик, слушаю их шепот и гулкий смех. Раздается визг — над ними навис гигантский паук. А затем разом отключают электричество. Темнота, тишина. Синица в руке. Я вообразила идеальное преступление: вот я вылезаю из вагончика, достаю из кармана пояс. В моей невинной грезе это было похоже на страстные объятия. Наяву я никогда так не боролась: не отпуская ни за что, до последнего, только бы получить желаемое. Не отпуская ни за что.

Простим себе жестокость юности. Я была ненамного старше Аннабель, хотя считала себя взрослой замужней женщиной. Я была юна и измучена, она была юна и силилась добиться всего, чего в те времена могла добиться женщина. Сияя обаянием и следя, чтобы горькая улыбка не сходила с лица. Разумеется, ей было так же страшно, как и мне. И кто знает, что на самом деле означали эти поездки с моим мужем — может, муж прощупывал варианты, и подвернулась бедная девочка, — и что спровоцировало ревность Базза, этот бес, принимающий форму наших страхов.

Из-за столика донеслось:

— Ну Аннабель, ты дразнишься. Расскажи о нем.

— Не буду! Ты прекрасно знаешь, я обещалась другому!

— Но ты пока не замужем.

— А зачем? Мы пока никому не говорим, и я хочу сначала доучиться.

— Ну ты даешь, Аннабель! Правда даешь!

Раздраженно:

— Мне пора, подруга.

Сидевшая напротив нее невеста ахнула: опрокинулся стакан с молочным коктейлем, и потекла розовая лава. Уильям Платт примчался из кладовой и схватил полотенце возле стойки с газировкой.

Аннабель запустила пальцы в волосы, и подвески на браслете зазвенели, как колокольчики, а кольцо обещания на шее вспыхнуло в луче света. Потом мне на какой-то миг показалось, что она меня увидела. Она стояла прямо, словно маяк, глаза обшаривали зал, и взгляд, казалось, подбирался прямо ко мне. Я почувствовала, что вот-вот решусь, вот-вот заговорю с ней. Но взгляд миновал меня и пошел дальше, пока не наткнулся на Уильяма, бегущего со своим полотенцем. Он улыбнулся, и она вспыхнула ответной улыбкой, словно он переключил какой-то рычажок. Затем она, звякнув колокольчиком, вышла в дверь и исчезла, напоследок возникнув призраком в окне, когда остановилась спросить что-то у полицейского, наматывая на палец сияющий локон.

— Прошу прощения.

Это был Уильям, он принес барное полотенце и принялся быстро вытирать стол теми же ласковыми круговыми движениями, которыми он мыл семейный «форд» в не слишком солнечные дни, — бережно, влюбленно. Беременная девушка подняла руки в жесте подчинения, улыбаясь не так, как муж (смущенно), но с удовольствием, с каким некоторые беременные понимают, что доставляют хлопоты всем окружающим. Она наблюдала, как газировка покачивается в стакане в такт его движениям. А он все вытирал и вытирал. И все это время он не сводил счастливых глаз с окна, с Аннабель. Минуту спустя она сверкнула зубами в сторону любезного полицейского и ушла. За тем, как она удалялась, следил полицейский маслеными глазами и Уильям — сияющими.

Закончив, красавец Уильям (звезда баскетбола) метнул полотенце в стоявшее поодаль ведро, вытер руки о фартук, повернулся, увидел мой окаймленный пеной пустой стакан, забрал его — на одном пальце правой руки белел след от кольца — и посмотрел мне в глаза с обреченной светлой улыбкой влюбленного.

———————

На следующую встречу Базз пригласил меня к себе на работу. Мы обошли просторные вольеры со щебечущими станками, где рабочие опускали тяжелые шаблоны на рулоны ткани, а другие скармливали огромным кроильным машинам их дневную норму. Базз рассказал, что во время войны его отец переделал фабрику корсетов под производство парашютов для сигнальных ракет. «Война — это совсем не то, что ты ожидаешь», — сказал он, ведя меня по высокому подиуму из металлических полосок — идешь словно по зубцам расчески. И когда мы наконец завершили наш обход, он повернулся ко мне, уперев руки в бедра, и широко ухмыльнулся.

— Ну вот! — крикнул он. — Что скажешь?

Машины вновь принялись лязгать, Базз прокричал еще что-то, но я не расслышала. Я помотала головой, и он повторил.

— Я продаю, я все продаю! — крикнул он, улыбаясь, а затем вздохнул, словно был удивлен, если не обижен, тем, что я не разгадала его цель. Он показал мне свою империю. Стрекочущий зверинец, вызванный к жизни его семьей. Он смотрел на меня долгим взглядом, приоткрыв рот, и ждал, когда я пойму. Вокруг жужжали и лязгали станки.

— Ради тебя! — воскликнул он наконец, перекрикивая шум и вскинув руки.

Мы стояли друг напротив друга, а вокруг нарастал шум битвы. Словно союзники в сказке, каждый со своей половинкой разломанного медальона: мы с Баззом показали друг другу глубину своей жертвы, сокровища, которые мы готовы отдать, чтобы убедиться, что они равноценны. Моим сокровищем была история юности и родительский дом, утраченный ради мужа. А вот и его — щебечет вокруг, такое яркое, промасленное. Не просто кирпичный аэродром и установленные на нем машины — точные инструменты для изготовления предметов, требующих высокой точности, — но часть истории семьи, с которой он был готов расстаться навсегда. Это не меньше того, чем поступилась я. Базз сказал, что это ради меня, но это было не совсем правдой. Это ради Холланда.

Примерно сто тысяч долларов. Столько стоила фабрика и различные предприятия. Точно такую же сумму, как сказал в «Двойной страховке»* Фред Макмюррей Барбаре Стэнвик, она может получить, если ее мужа убьют, «окончательно укокошат». В 1953 году это было все равно что миллион.

Мы вошли в тяжелую скрипучую дверь, с облегчением захлопнули ее; грохот стих и сменился стрекотом хорошо смазанных «зингеров», за которыми сидели женщины в косынках и комбинезонах. Рабочее место одной из них щетинилось сияющими металлическими полосами, словно стол метателя ножей. Видимо, она вшивала кости в корсеты. Я сказала:

— Напоминает мою первую военную работу.

— А что ты делала?

— Заворачивала истребители в бумагу.

Он расхохотался.

— Это не настоящая работа! Это из комиксов.

— Я действительно это делала, — сказала я, слегка встопорщившись. — За этим нас, чернокожих женщин, привезли из Кентукки. Заворачивать истребители в бумагу. Им нужны были рабочие руки, а нам... Не смейся.

— Извини.

— Их отправляли на Тихий океан морем — логичнее по воздуху, но нет, и надо было, чтоб они дошли до наших мальчиков новыми и блестящими. Мы вчетвером залезали по лестницам с огромными листами коричневой бумаги и склеивали их вместе. Девчонки иногда совали внутрь записки для летчиков со своими телефонами. — Пришел мой черед смеяться. — Нелепо, конечно. Но лучше, чем сварка,

---

* «Двойная страховка» — фильм-нуар 1944 года.

для глаз лучше. Помню, девчонки-сварщицы все пили молоко, чтобы вывести яды из организма.

— Но зачем заворачивать самолеты? — снова озадаченно спросил он. — Они же для войны. Какая разница, блестят они или нет?

Я ответила, что война — совсем не то, что ты ожидаешь.

Базз рассмеялся, затем поглядел на работниц, монотонно движущихся у себя в нижнем мире. Женщина один за другим брала свои ножики и вкладывала их в кармашки корсета. Тогда я и призналась ему, что не поговорила с Аннабель. Базз поморщился, и, увидев это в полумраке, я поняла, что тем темным вечером он пришел ко мне не за тем, чтобы я «устранила» Аннабель за него. Он надеялся, что это сработает, но ведь он знал меня, он меня изучил и должен был догадаться, что я не умею обращаться с девушками, потягивающими «Самоубийство» в сегрегированных кафетериях. Он хотел чего-то другого. Чего? Возможно, любовь — это маленькое безумие. И, как и безумие, она невыносима в одиночестве. И единственный человек, способный облегчить нам страдания, — это, конечно, единственный человек, к которому нельзя пойти: тот, кого мы любим. Взамен мы ищем союзников, пусть это даже будет незнакомец, жена любимого или собрат в болезни, который, хоть и не может коснуться лезвия нашей собственной скорби, чувствует что-то, что режет так же глубоко.

— Мы что-нибудь придумаем, — мягко сказал он.

— Прости. Эти девчонки — глупенькие сплетницы. Аннабель и ее подружка.

— Ничего.

— Как будто бы ангельский белый народ / В раю до полудня зевает, — сказала я, и Базз не сразу понял, что я цитирую любимого поэта Холланда. — А черный и там на рассвете встает / И райский паркет натирает*.

— Ты полна сюрпризов, Перли Кук.

— Надеюсь.

— Только не переборщи, пожалуйста.

— Между прочим, она думает, что мы любовники, — вдруг сказала я. — Мы с тобой, это же надо. Соседи сплетничают...

— Я бы о этом не волновался.

— Ну а я не хочу, чтобы обо мне судачили.

— Судачат всегда не о том. А что происходит на самом деле, никто не знает.

— Я подслушала, что она обещалась другому.

— Обещалась?

— Молодежь так делает. До помолвки.

Он недоуменно улыбнулся.

— Но помолвка — это и есть обещание.

— Не могу сказать, что понимаю их. Это в сто раз разбавленная клятва.

— Возможно, это чтобы можно было целоваться и обниматься. Люди часто придумывают занятные шифры, — пожал он плечами. — И кому же она обещалась?

Внизу послышался стук — одна из женщин уронила ножницы, и к ней подбежал служащий, чтобы вернуть ее обратно к работе. Базз очень внимательно наблюдал за ними, а потом спокойно повторил вопрос.

Я назвала имя. Ежеутренние бутылки у нас на крыльце. Ясный звон стекла. Кольцо, мерцающее у нее на груди, и широкая улыбка на ее лице, когда она уходила.

---

* Стихотворение Каунти Каллена — американского поэта и писателя Гарлемского ренессанса. Перевод Дарьи Ивановской.

— Уильям Платт, продавец сельтерской, — сказал он. — Как доброкачественно.

И я засмеялась. Он взял меня под руку и повел в большую шумную комнату, где товары паковали в коробки, а оттуда — в маленький красиво обставленный кабинет с длинным зеркалом у одной стены и ширмой у другой. Какой-то звукоизолирующий материал заглушал скрежет станков — невозможно было догадаться, что за дверью работает фабрика. Больше походило на дом незамужней тетушки. Из центра потолка свисала нелепая люстра в форме летящей птицы. Базз пересек комнату и нажал белую фарфоровую кнопку в стене.

— Уильям Платт... — повторил он. На стене у него за спиной висело изображение красавицы Гибсона с пышным бюстом («Накачиваем буфера!»), на который во все глаза смотрел карикатурный солдатик, — персонажи былых времен, эпохи наших родителей. Затем он наморщил лоб. — Почему он еще здесь?

— Ну, у него две работы, по субботам он разносчик, а...

— Да нет, почему он в принципе остался. — Грустно улыбаясь, он махнул рукой в сторону двери, за которой сидели пожилые мужчины, занятые работой. — Ведь сейчас вокруг не так уж много молодых парней.

Он был прав. Последняя цифра, которую я слышала, — воевать в Корею отправляются по тридцать тысяч мальчиков в месяц. И это при том, что президент объявил войну оконченной.

— Он же не студент, ему просто повезло? — Базз еще раз нажал кнопку. — Мисс Джонсон не отвечает. Я хотел найти тебе подарок.

Я сказала, что мне ничего не нужно, мне пора идти.

— Скажи мне, Перли, — вдруг произнес он, сверкнув голубыми глазами. — Как ты думаешь, что мне делать?

Какое право он имел спрашивать такое? Не то чтобы он хотел от меня помощи с Аннабель, но он также не хотел, чтобы я просто отошла в сторону. А хотел он, как ни удивительно, чтобы я стала собственному мужу сводней.

— Меня нельзя об этом спрашивать, — сказала я.

Он нахмурился и покачал головой.

— Но ты лучше всех его знаешь, — сказал он, ласково глядя на меня снизу вверх.

Я снова была девочкой, стоящей перед облеченным властью мужчиной. Вот я в отцовском доме в Кентукки, в старом платье, терзаемая прошлым, но польщенная: мистер Пинкер описывает мне чудеса Калифорнии, огромные самолеты, которые такие девушки, как я, должны заворачивать в бумагу, говорит, как я нужна Америке и что я могу оказать ему услугу. Одну маленькую услугу. Золотой значок на лацкане мерцал во влажном свете. Рассказывать все секреты, даже выдуманные.

Как заставить человека полюбить тебя? Когда ты юн, в мире нет ничего труднее. Старайся изо всех сил, будь с ним рядом, готовь его любимую еду, приноси вино или пой любовные песни, которые, ты знаешь, его трогают. Они его не тронут. Ничто его не тронет. Ты убьешь дни, расшифровывая сказанные по телефону банальности, месяцами будешь наблюдать, как шевелятся его мягкие губы, потратишь годы, глядя, как он сидит в кресле, и каждой клеточкой желая подойти к нему и сделать простую вещь, сказать простое слово, заставить его любить тебя, — и не делая этого. Длинными ночами ты будешь гадать, почему же его не тянет обнимать тебя, почему его сердце не тает от твоей близости, как он может сидеть в этом кресле, или говорить этим ртом, или звонить по телефону и не вкладывать в это никакого смысла, ничего не таить в сердце. А может, он таит в нем не то, что тебе хочется. Потому что он, конечно же, любит. Просто не тебя.

Но когда ты старше, способы находятся. Молодые считают, что кругом полно прекрасных возможностей — лучшие любовники, лучшая жизнь. К двадцати пяти — тридцати годам варианты иссякли, жизнь съежилась. Тебе остается только урезать эти варианты до одного, свести жизнь в одну точку.

И что остается в этой точке? Ты, Базз Драмер. Остаешься ты.

Не могу передать, как странно было думать о муже в таком ключе. Я чувствовала себя фокусником, уходящим на пенсию, который однажды вечером, выпив, рассказывает юноше все секреты своих фокусов. Здесь есть второе дно, здесь — невидимая стеклянная перегородка, тут дым заслоняет проволоку. Но была разница — я никогда не считала это фокусами. Я просто думала, что это и есть брак: секретные стекла и проволочки, с помощью которых мы поддерживаем сладчайшую иллюзию на свете. Приемы, которыми я его завоевала и удерживала, хотя и были тщательно исполнены, стали казаться безыскусными, как любой роман. Возможно, они такими и были. Но, как и фокуснику, мне не хотелось проговаривать эти вещи. Не такие уж это были великие секреты, но, как только я их передам, моя роль жены будет завершена. И все же я подумала о сердце, бившемся не с той стороны в груди моего мужа, и подумала о сыне.

Я спросила, осталось ли у Базза что-нибудь от их жизни вместе — может быть, подарок, что-то, чтобы приманить прошлое. Он посмотрел на меня грустно.

— Конечно.

Должно быть, у него целый ящик в комоде отведен под такие сувениры — тщательно собранная коллекция памяти первой любви. Конечно, так и было.

С фабрики донесся звук, из-за скачка напряжения птица ярко засияла, и мои глаза непонятно почему стали наполняться слезами.

Отступиться от брака. Неженатым может казаться, что это все равно что уступить место в театре или пожертвовать взяткой в бридже, чтобы потом получить больше, лучше. Но это труднее, чем можно представить: жаркий невидимый огонь, пожирающий надежды и фантазии, оставляющий от прошлого черные головешки. Однако он необходим, если на его месте планируется что-то построить. Вот я и стояла, и давала Баззу советы, а сама не могла думать ни о чем, кроме автоматонов в Плейленде, грациозно двигавшихся на ветру, и детей, которых повели за кулисы и показали, к их удивлению, несметные переплетенные провода и переключатели, которые так трудно расплести, а если уж расплел, еще труднее собрать заново.

———————

Когда наконец наступил день рождения Холланда, мы устроили скромный праздник и пригласили тетушек, которые ворвались к нам в дом в ажитации.

— У нас есть хорошая и плохая новость, — объявила старшая, отряхиваясь от дождя, как пудель. — Но какая она ужасная, кошмарная, эта новость!

Повернувшись ко мне, Элис положила руку мне на плечо, из вежливости приобщая меня к беседе. Почему-то только у нее на груди была орхидея.

— Перли, ты наверняка слышала...

— Да по лицу видно, что да! В общем, во Фресно, кажется, минувшей ночью...

— О, привет, Холланд! С днем рождения, мой хороший! А вот и малыш Уолтер...

— Ну поцелуй тетю Би, Уолтер, я не заразная...

Младшая воспользовалась тем, что сестра отвлеклась:

— Белая девочка четырнадцати лет убила свою сестру-близнеца!

Я улыбнулась. Эта новость была из тех, что они не советовали мне обсуждать при их племяннике. Холланд снимал с них длинные шерстяные пальто в каплях дождя, под которыми были одинаковые немнущиеся платья. Сыночек стоял, уставившись на меня, а тетушки по очереди его тетешкали.

Беатрис продолжила, будто не прерывалась:

— Достала ружье брата и в темноте, представляете, нашарила сестру, нащупала ее волосы и правое ухо и приставила дробовик...

— Винтовка это была. Двадцать второй калибр.

Они с наслаждением рассказывали кошмарную историю этих сестер, словно настоящие свидетели, не задумываясь о том, что маленький мальчик слушает все в подробностях: вот рука девушки скользит по простыне дюйм за дюймом, касается мягких локонов красавицы-сестры, кожи головы, трогает упругий завиток ушной раковины... Я не сразу поняла, что они пересказывают радиопостановку.

— Что ж, дамы... — перебил их Холланд, подмигнув мне.

— Но все основано на реальных событиях, дорогая! Это действительно произошло во Фресно! Во Фресно такие вещи сплошь и рядом!

— Правда? — сказала я.

— И знаешь что? Она это сделала, потому что никогда ее не любила.

Элис:

— Представляешь? Не любить сестру-близнеца!

Беатрис:

— И *убить* ее!

Под взрывы смеха тетушки сняли перчатки с мягких рук.

Мы перешли в гостиную, и кто-то предложил зажечь камин — слишком холодный и дождливый был вечер. Сыночка совершенно захватил сложенный отцом костер как у бойскаутов. Огонь начал потрескивать, а тетушки перешептывались, глядя, как Холланд разворачивает подарки. От удовольствия они схватились руками за щеки — одновременно и одинаково — и заглядывали друг другу в глаза. Интересно, какая из них сильнее хочет убить другую, подумала я.

Холланд принес напитки, и они принялись рассказывать нам другие мелкие сплетни — поразительно, как легко они переходили от изумления к болтовне, — а еще вычитанную в газете новость о приезде голландского психолога, который заявил, что «у государств есть души».

— Доктор Зеельманс ван Эммиховен! — провозгласила одна из них, внезапно вспомнив.

Другая принялась объяснять:

— Видите ли, пси-хо-ло-гически мы очень юная страна. Когда к нам приезжают европейцы, ну и конечно африканцы, они чувствуют себя старыми, потому что их страны очень старые. Пси-хо-ло-гически. На сотни, сотни лет старше нас.

— И потому, что мы молодые, мы все делаем с размахом, — сказала первая. — Вот как атомную бомбу и как водородную, которую скоро сделают. У нас молодой задор, — и со смехом добавила: — Я уж точно чувствую себя молодой!

— Как интересно, — сказал Холланд, но я слушала молча. Загадочные девушки. Я никогда не чувствовала себя молодой в этом смысле. И американкой тоже.

Старшая сестра зыркнула на нее и сказала:

— И внутренняя доброта. Он говорит, в Америке есть внутренняя доброта. — Она принялась скатывать салфетку в шарик, не глядя на нас. — И я с этим очень согласна.

— Мне жарко, — тихо шепнул мне Сыночек.

Я велела ему отвернуться от огня, что он и сделал, улыбаясь с сожалением.

Тогда-то и пришел Базз, промокший до нитки. Холланд представил его, и сестры на секунду застыли в оцепенении. Тогда я подумала, что эта сцена в дверях означает крах всех их продуманных планов на жизнь Холланда: дом в Сансете, советы его молодой жене, их бдительное присутствие в доме. Признаюсь: мне стало стыдно, что я их подвела.

Они сказали, что, конечно же, они знают Базза. Он был начальником Холланда раньше, еще до Перли.

— А теперь я его начальник? — спросила я.

Они беспомощно на меня уставились.

— Ну и погода! — сказал Базз, широко улыбаясь. — Ужасная. Всех с днем рождения, Холланд, я принес тебе подарок.

— Я еще предыдущий в магазин не сдал!

Смех.

— Теперь можешь отнести сразу оба, — сказал Базз. Он вынул из кармана усеянного дождевыми каплями пальто и протянул Холланду коробочку в такой же яркой бирюзовой обертке, что и мои перчатки с птичкой в руке.

Холланд сощурился, принимая подарок.

— Ничего особенного. Я просто кое-что нашел в старой квартире, — сказал Базз. — Открой.

В какой старой квартире, спросил Сыночек, и тетушки, сидевшие как на иголках, сказали, мол, это не твое дело.

Что они знали? О чем догадывались?

Оказывается, я неотрывно наблюдала за Холландом все то время, что он развязывал ленту, разворачивал бумагу и открывал крышку. Это выражение лица я уже видела в день, когда Базз пришел к нам. Когда муж спустился по ступеням и увидел, что его бывший любовник пьет пиво с его женой. Это был взгляд человека, увидевшего привидение.

Секунду он сидел, глядя в коробочку, из которой свисала ткань. У Базза глаза расширились в ожидании.

— Ты только посмотри, — сказал наконец муж, вынимая уродливую деревянную вещицу. И засмеялся. — Это старая трубка-птичка.

— Верно, — сказал Базз, закрыв глаза и отворачиваясь от неловкой улыбки Холланда, словно Сыночек от огня.

Муж замер, как археолог, изучающий сокровище, которое долго считалось утраченным, а потом показал птичку сыну, щелчком большого пальца откинул ее голову, державшуюся на петле, и продемонстрировал отделение, внутри которого помещалась чаша трубки. Снова щелчок — и чаша спрятана, а мундштук замаскирован под хвост. Сыночек, завороженный, тут же захотел ее себе, но отец спрятал ее в карман и погладил его по голове.

— Потом дам поиграть.

— А давай поиграем в «Комнату настроений»?

— Не сейчас.

Сыночек повернулся ко мне — к апелляционному суду. Его любимая игра заключалась в том, что он вставал по очереди в каждый угол комнаты, а мы угадывали, какую эмоцию он изображает. Мой малыш маршировал по комнате — из-за шин он ходил как солдат на плацу, — велел Лайлу не мешаться под ногами, пока он готовится к очередному раунду, сморщившись от напряжения. Скакал на фоне обоев, весь сжавшись, а мы кричали: «Злость!», или «Безумие!», или «Страсть!»

— Позже, после ужина, — сказала я, и папа вручил ему солдатика с парашютом. Он взвился в воздух. Я снова подивилась, как Баззу удалось проникнуть в сердце моего мужа. Интересно, заметил ли эти перемены сын. Дети ведь такие чувствительные, прямо как пчелы, которые, если их матка болеет, теряют цель жизни и просто ползают по сотам, пока улей не погибнет. Сын был полностью поглощен летающим солдатиком, а я гадала: чувствует ли он, как что-то в самом сердце нашей семьи умирает?

———————

После именинного торта старшая тетка встала и сказала:

— Я хочу сделать маленькое объявление.

Холланд пошутил насчет тетушек и их объявлений.

— Нет, это очень серьезно, — ответила она.

Ее сестра вела себя очень странно — крутилась на стуле, прижимала орхидею к носу и обводила взглядом комнату, слабо улыбаясь. За ужином мы пили только пиво, я подумала, что тетушки, наверное, перед приходом приняли чего-нибудь покрепче.

— Это та хорошая новость, о которой я говорила.

— Ну что же это, Би? Мы в нетерпении, — сказал, улыбаясь, Холланд.

Беатрис прочистила горло и, не глядя на сестру, провозгласила, что скоро состоится свадьба.

— Что? — Холланд прыснул в салфетку. — Ты шутишь.

— Это не шутка, — твердо сказала старшая. — Элис выходит замуж.

— И за кого же?

Они назвали имя, которое я никогда не слышала, и Холланд с недоверием ударил ладонью по столу. Сыночек, не понимающий, что происходит, попытался утащить второй кусок торта, но я запретила, и он сверлил меня ненавидящим взглядом.

Старшая тетушка заявила, что ее сестра влюблена, и все тут.

Мое внимание привлек Базз, которого все это очень веселило.

— Но тебе нельзя замуж! В твоем возрасте…

— Холланд! Ты ведешь себя как ребенок. Это прекрасное событие, немедленно поцелуй Элис и поздравь ее.

Он встал и поцеловал тетю, которая была ему вовсе не тетей, хотя другой родни у него не осталось. Наверное, его потрясло то, что, казалось, незыблемые тетушки способны на перемены. Даже Геркулесовы столпы могут рухнуть.

— Я очень за тебя счастлив, — сказал он, и Элис просто расцвела от удовольствия. Он улыбнулся, ласково похлопал ее по плечу, и вторая тетушка одобрительно закивала. Сыночек подал голос, Холланд улыбнулся и ушел в кабинет, где обещал поиграть с ним и Баззом в «Комнату настроений». Женщины остались одни.

— Я тоже счастлива за вас, Элис, — сказала я.

Элис улыбнулась и кивнула. С момента объявления она не произнесла ни слова о свадьбе.

— Мы все за нее очень счастливы, — сказала ее сестра, отступая от своей обычной манеры. — Вот твой подарок, Перли, немножко заранее, но ничего.

Это была простая серебряная коробочка с дорогой косметикой. Губная помада с маленьким овальным «губным зеркальцем» на футляре — они тогда были в моде.

— Для вас многое изменится. — Я открыла помаду и вернулась к теме замужества. — Вы ведь так привыкли жить вдвоем. Элис, у вашего жениха есть дом?

Она быстро и очень слабо закивала. Орхидея запрыгала на ее груди.

— У него дом в Санта-Розе.

— Но это так далеко! — сказала я бездумно.

Обе тут же побледнели.

— Не так уж далеко, — наконец произнесла Беатрис. — Тридцать минут через мост.

Я заметила, что в зеркальце отражаются мужчины, находившиеся в другой комнате. Холланд и Базз сидели бок о бок на ковре, лицом к свету. Сыночек, должно быть, позировал в углу, а они сосредоточенно на него щурились. Я не видела, что делает сын, видела только мужчин — их лица одновременно осветились восторгом. Один положил руку другому на плечо для равновесия, да так там и оставил.

— Там тридцать минут через мост, — повторила старшая. Я поняла, что они будут это говорить всем и каждому. — Совершенная ерунда, я иногда по тридцать минут ищу Элис у нас дома! — Сестры захихикали, и я увидела, что они обе сущие девчонки.

Глядя на них, я не сразу поняла, что они мне пытаются рассказать о подлинной трагедии. Целая жизнь прожита вдвоем, скрепленная неким договором, подписанным в незапамятные времена, — и вдруг на излете все кончилось. Все ради возлюбленного, которого Элис бросила много лет назад, — того самого, женатого, который оставил на ней отметину. Конечно же, давно позабытого ее сестрой. Кто знает, какой стародевический скандал разразился в старом доме в Филморе, в присутствии одних лишь кошек, молча восседавших на диване, словно присяжные. Мне стало очень жалко ту сестру, что оставалась одна и так любезно мне улыбалась. Она не ожидала, что под конец жизни с ней случится такая вот трагедия.

И другая: взгляд блуждает по комнате, на груди вянущая орхидея, на губах — дельфийская улыбка.

Из соседней комнаты донесся крик мужа: «Страсть! Страсть!»

———————

— Ты сегодня прекрасно выглядишь, — сказал Базз в нашу следующую встречу в Плейленде, меряя меня взглядом. — Ты надела мой подарок!

Корсаж доставили вчера — цвета грозовой тучи, упакованный в красную бумагу, словно сердце со стальными костями.

— Я... Я к нему привыкаю.

— Странное ощущение, да? В некотором смысле освобождающее.

Я спросила, видел ли он их уже.

— Пока нет. Я смотрел на океан. Но Эдит сказала, что они будут здесь.

— Придут ли они вообще...

Он вытащил полевой бинокль и раскрыл его бережно, как энтомолог, расправляющий крылья мотылька. И навел его на толпу, высматривая Аннабель и ее кавалера.

Мы с Баззом пошли по променаду, а низкий туман ложился шлейфом на наши плечи. Мимо нас проходили сан-францисские типы: седовласые «милостивые дамы» в закрытых одеждах цвета пыльного мешка, красноносый коммивояжер, успевший пропустить уже три рюмочки и всем улыбающийся, шайки мальчишек-ирландцев, угрюмо расхаживающих руки в брюки, девушки в нарядах под

Дэйл Эванс, кучка филиппинцев, явно свежих иммигрантов, которые американизировались, надев (все до единого, от дедушки до внука) национальный головной убор: уши Микки Мауса. Чернокожая пара поймала мой взгляд, заключая со мной мимолетный настороженный союз.

— Учебная воздушная тревога! Подготовьте ваши подвалы! — выкрикивал заголовки продавец газет. — Будет учебная воздушная тревога!

— Как ты думаешь, он на ней женится, если до этого дойдет? — спросил Базз.

— Я не знаю, выйдет ли она за него.

— Она-то из тех, что хотят замуж.

— Ты правда думаешь, что дело в ней? И если ее устранить, это все решит?

— Я долго об этом размышлял, — ответил он, снова глядя в бинокль.

— А это не просто из желания сделать назло, Базз?

Он продолжал изучать толпу, подкручивая колесико на шарнире, и наконец сказал:

— Нет. Надеюсь, я никогда не стану таким человеком, — и вдруг сверкнул глазами вбок. — Вон они.

Это и правда были они, в первом вагончике русских горок. Посадка только что закончилась, и служитель говорил им приготовиться к самому захватывающему приключению в жизни. Юный Уильям улыбался до ушей, и на его курносом лице разливалось тихое довольство, хотя брови жили своей жизнью. На нем была летная кожаная куртка, галстук и кепка, которую он предусмотрительно сорвал с головы и сунул под себя, глупо гримасничая. Аннабель была, как всегда, нарядная, в матросской юбочке и жемчугах. Я заметила очки в нагрудном кармашке.

— Ага, — сказал Базз. — Из тех, что хотят замуж.

Они тронулись рывком, Аннабель в волнении схватилась за Уильяма, сверкнув подвесками на браслете, и вагончик, постукивая, стал взбираться наверх. У них не было ни ремней, ни поручней, никаких устройств, которые есть теперь. От смерти Аннабель и Уильяма отделяла только металлическая решетка в передней части вагончика, под которую нужно было плотно всунуть ноги. Так что, когда их вагончик перевалил через точку невозврата на самом верху, слепой порыв ветра пригладил волосы Аннабель, и она исступленно вскрикнула, победительно вскинув руку, ее ужас и восторг победы над смертью, вероятно, были подлинными. Я увидела в ней обаяние дерзости и яркую стальную силу. Любой растаял бы в сиянии ее прекрасного лица. Затем вагончики затерялись в крутых поворотах и петлях хитросплетений аттракциона.

Базз сказал, что узнал кое-что об Уильяме.

— От твоей соседки Эдит.

— Ты говорил с Эдит?

У меня слегка кружилась голова: круговерть русских горок вторила моему собственному волнению.

— В трамвае. Я узнал, что на следующей неделе он уезжает. А не призвали его по ошибке. В армии почему-то решили, что его брата взяли в Корее в плен, и на призывной комиссии его отметили как непризывного.

— А, мальчики Салливан.

Их было пять братьев, и все они погибли на фронте. Страна была так потрясена этой трагедией, что правительство изменило правила призыва, чтобы ни одной матери больше не пришлось испытать такое горе. Мальчиков, чей отец или брат погиб на фронте, освобождали.

— А он, скорее всего, не возражал. Он славный малый и делает как велено, а ему велели оставаться дома и молиться о брате. Так сказала Эдит.

— У него нет братьев.

— Я знаю.

— Только девятилетняя сестра, я их видела в парке.

— Судя по всему, его с кем-то перепутали.

Некоторым невероятно везет. Если бы Холланд получил отсрочку из-за простейшей ошибки, все пошло бы совсем иначе. Опечатайся тогда машинистка в Вашингтоне, округ Колумбия, подари ему воображаемого брата — и никого из нас здесь бы не было, кроме Аннабель и ее жениха. Холланд остался бы с матерью, цел и невредим, у Базза были бы другой сосед по палате и другая любовь. Но тогда не было бы и Холланда, запертого в комнате, шепота, поцелуев. Я бы все равно его потеряла.

Базз предложил кое-что как бы невзначай. Я вынула из сумочки блокнот и молча, как секретарша, записала его слова точь-в-точь. Идея казалась безобидной и неосуществимой, как и все остальное, — такое можно проделать, например, во сне. Тем же вечером я спустилась в подвал и напечатала его слова на пишущей машинке с залипающим Р, сложила письмо и положила в конверт. Но к тому времени я словно вышла из транса, мои сомнения вернулись. Письмо пролежало долгие недели на полке в подвале.

— Что скажешь? — спросил меня Базз в тот день возле русских горок. — Не слишком жестоко?

— Нет. Война закончена.

— Уклонист и сообщница. Как-то это нехорошо.

— Что-то могло случиться и само по себе.

— Ты про то, что Холланд мог измениться, — сказал он, нахмурившись, и я прочла его мысли: я снова цепляюсь за прошлое, за выдумку. Холланд не менялся с той минуты, как его, облепленного водорослями, выловили из океана. Менялось только мое представление о нем, расплываясь и собираясь, словно кто-то неумело настраивал объектив. По лицу Базза я поняла, что перемен нельзя дождаться молча, тихо живя в домике у океана, что никто не собирается меняться — ни Холланд, ни тетки, ни Аннабель, — что ничто никогда не изменится, пока его не заставишь.

— Служба воинского учета славится ошибками, — сказал Базз, глядя в море. — Вот меня, отказчика, отправили в военный госпиталь.

— И положили в одну палату с Холландом.

Он кивнул.

— Он там не был душой компании, наверняка он тебе рассказывал. Нас обоих презирали.

И затем ни с того ни с сего Базз спросил, считаю ли я его трусом.

— Ну, я думаю, что Уильям даже не стал...

— Я про себя.

Он сказал это очень спокойно — он привык, что его называли трусом. Позже он упомянул, что как-то ехал в город автостопом, и его остановили копы, спросив, почему он не в форме — парни его возраста все служили, — а увидев его нашивку отказчика, исчезли во мраке, словно увидели призрак. А другие в него целились, пока он сам не убегал.

— Если честно, то я не знаю. Я тебя не понимаю, вот и все.

— Ты сказала, что не стыдишься того, что твой муж скрывался от армии. Хочу знать, что ты думаешь об мне.

— А почему ты не пошел служить?

— Не видел смысла. Я не хотел убивать и не мог. Я много читал и думал об этом. Мне казалось, что именно это делает нас людьми. Когда мы решаем не убивать.

— Ты просто взял и не пришел?

— Нет, нет, — сказал он и замолчал. Я ждала, что он смутится, откажется отвечать, но увидела в его взгляде металл. Он не просто так рассказывал мне свою историю, но тогда я этого не поняла. Дело в связи, о которой я говорила раньше, — мы с ним повязаны страданием.

— Вообще-то меня зачислили на службу в 1943-м, и я явился.

— И что случилось?

— Призывной пункт работал в местной школе. Нам всем сказали раздеться и стоять там всем вместе, переходя от одного врача к другому. Тех, кого признали годными, послали в маленькую комнату. Там надо было одеться и встать в шеренгу и ждать, когда придет офицер. Я про это слыхал, — сказал он, глядя мне в глаза. — Я слышал, что в какой-то момент в комнату входит офицер и просит произнести клятву и сделать шаг вперед, и ты становишься солдатом.

— Вот так это делается?

Он кивнул. Я подумала, что решать свою судьбу чисто символическим действием — это какой-то Древний Рим. Хотя, наверное, судьба регулярно решается именно таким образом.

— Я не сделал шаг вперед. Все другие — да, они произнесли клятву и вышли из строя. А я нет. В общем, на меня орали целый час, а потом отправили к психиатру. Обошлись очень сурово.

Но он не отступил. Юноши сделаны из странного материала. Ему присвоили категорию 4-Е* и выдали повязку на руку. Желтую, конечно же, рассмеялся он.

---

* При призыве в армию эта категория присваивалась сознательным отказчикам.

— И тебя сослали? В лагерь?

— О да.

— Тебя били?

— Нет, — сказал он, унесшись мыслями куда-то далеко. — Им было не надо. Мы сами справлялись.

Я хотела спросить, что он имеет в виду, но увидела, что его острый умный взгляд пропал. Его правая рука машинальным жестом, который он хотел бы сдержать, если бы мог, потянулась и потерла обрубок мизинца, погладила его, как больного ребенка. Это был его «теллс», как говорят в покере. Знак потаенной боли, которая не имела отношения ни к Холланду, ни ко мне и все же могла объяснить, что привело Базза Драмера в эту точку.

Он решил, что в тюрьму не пойдет. Служба воинского учета предлагала отказчику послужить стране другими способами, в том числе корчевать пни в одном из северных штатов, это он и выбрал. Как вы представляете себе лагерь сознательных отказчиков в 1943 году? Может быть, как бродячий цирк шапито: вереница жилых палаток и большой золотой шатер. Слово «лагерь» наводит на мысли о плавании, рисовании, спорте. Большинство американцев так это себе и представляло: толпа трусов и предателей развлекается от души. Но когда Базз приехал туда по грунтовой дороге и вылез из машины, он увидел концентрационный лагерь.

Его основали квакеры, «руководствуясь принципом индивидуального пацифизма», но они, в свою очередь, подчинялись Службе воинского учета, которая неохотно соглашалась на эти лагеря, видя в них исключительно способ держать ненормальных под стражей, чтобы те бесплатно работали, пока идет война. Базз понятия об этом не имел. «Можешь подселиться к квакерам, католикам или кофлинитам», — сказали ему.

Он представлял, что там все будут такие, как он: отщепенцы, пацифисты, изгои. Квакеров он выбрал инстинктивно. Он был воспитан в баптистской вере, а кроме него, там был только один баптист, чернокожий, он играл на виолончели и жил с квакерами. Там были только один чернокожий и один еврей.

Еврей не давал покоя кофлинитам — последователям отца Чарльза Кофлина, радиопроповедника из Детройта, который считал, что Америка не должна воевать против героя двадцатого века — Адольфа Гитлера. Эти отнюдь не были пацифистами. Как им удалось уговорить призывную комиссию? Возможно, какой-нибудь психолог кивнул в ответ на их идеи и поставил в бумагах штамп из необъяснимого сочувствия. И вот они тут, живут при президенте, которого считают членом еврейского заговора. Кофлинитов одинаково презирали и ненавидели и братья во католичестве, и добродеи квакеры.

В общем, еврея надо было держать подальше от кофлинитов, которых, в свою очередь, надо было держать подальше от других католиков, а тех — от квакеров. Чернокожего надо было держать подальше ото всех. В лагере пацифистов. В такие времена мы жили.

— Это была тоскливая и странная жизнь, — сказал Базз.

День начинался с криков ночного сторожа, который гнал всех к рабочим машинам. Работа состояла в корчевании пней на поле, и задачей Базза было обвязывать пень цепью, а другой человек с помощью лебедки его вытаскивал. За весь день удовлетворение приносил только один момент — когда пень выскакивал из земли, словно гнилой зуб, и их глазам открывалась тайная преисподняя, полная червей и палеолитических жуков. Пни рубили на дрова и складывали в длинные поленницы в лесу, где они и гнили всю войну — никто их не использовал. Поле так и осталось нераспаханным. Наверное, такой работой ангелы заставляют заниматься те души, которые неясно, куда отправлять. И они бесконечно ровняют граблями облака.

Мужчины сходили с ума от монотонности, тухлого неба, тухлой овсянки, но в основном от ощущения, что они ничего не значат. Земля горела и дотла сгорала на западе и на востоке, а они никак в этом не участвовали. Некоторые сбегали, некоторые шли в армию и отправлялись на войну или садились на корабль и погибали в океане. Многие, в том числе Базз, искали другой выход. Удивительная вещь, сказал он, — узнать, что человеку важно что-то значить.

Рассказ Базза заглушили дружные вопли: поездка закончилась. Базз смотрел в сторону, скрестив руки на груди. Я хотела что-то ему сказать, но шум пересиливал любые слова, и мы просто стояли и смотрели на них двоих: Уильям смеялся — видны только верхние зубы, а глаз вовсе не видно в тени густых бровей — и обнимал Аннабель (видимо, прижал к себе на резком повороте), а та в истерически-притворном ужасе жалась к нему.

— Прокатитесь с девушкой на поезде в Лимб! — шутливо крикнул зазывала рядом с нами.

— Да, — тихо сказал Базз, — она из тех, кто выходит замуж.

Когда служитель выпускал их через калитку, она споткнулась и ухватилась за Уильяма. Она держалась за его правую руку и хохотала, наконец забыв тревожиться об отце и о будущем. Никто не мог бы пожелать ей зла.

— Посетите Лимб!

———————

Это случилось в тот день, когда убежала собака. Сыночек гостил у теток в Филморе, Лайл был на заднем дворе, а я пришла домой и увидела, что Холланд сидит в гостиной и читает. Было очень тихо, как часто бывало в Сансете, слышен был только тихий сверлящий звук, словно боевой самолет бурил себе путь сквозь облака, но это просто кто-то стриг газон.

— Перли, — сказал Холланд, когда я вошла и положила сумочку на столик.

— Да?

Я услышала, как он говорит, что хочет что-то мне сказать.

— А? — ответила я рассеянно, ища ключи.

Его голос слегка задрожал:

— Есть кое-что, о чем я тебя никогда не спрашивал.

— И что это?

— Я не умею говорить, — бухнул он, — но должен спросить тебя. Я...

Он не сводил с меня глаз. Его книга лежала рядом на диване, одна страница торчала прямо вверх и медленно падала, закрывая то место, где он остановился. Я повернулась к Холланду всем телом — поза внимания, — а лицо у него было квадратное и золотое, словно у идола, глаза сияли, полосатая рубашка расстегнута под кардиганом, и одна пуговица висела на ниточке. Он сидел и подбирал слова. Как же странно и печально быть мужчиной. Ужасно, когда жизнь лупит тебя, как и всех, но тебе не позволено рассказывать, каково это. Сидишь в своем доме, оплаченном твоим трудом, подле жены, которой известны секреты твоей юности, проехал полмира, убегая от домашних предрассудков, и нашел их же, теперь в виде шепотков, в окрестном районе, и прошлое стучит в твою дверь рукой Базза Драмера. Молчанию мужчин не позавидуешь.

— Холланд, в чем дело? — спросила я почти шепотом.

Но я до конца жизни буду гадать, в чем было дело, потому что комнату внезапно затопил нечеловеческий звук. Учебная воздушная тревога.

— Что делать? — спросил муж, озираясь.

Сирена ревела, как некормленый зверь.

— Задраить окна, выключить приборы и ждать в укрытии, — прокричала я, радуясь своей осведомленности. — Задраить окна — это значит...

— Я знаю, как задраить окно, — сказал гордый вояка, пошел в первую комнату и принялся задвигать шпингалеты и опускать жалюзи, быстро, как моряк, ну а я ушла в кухню и стала выключать все, что вспомнила, и прихватила радио. «Лайл, Лайл!» — позвала я, но он был где-то далеко и меня не слышал, а идти за ним не было времени. По всему городу встали машины, Маркет-стрит превратилась в длинную парковку, потому что люди во время учебной тревоги разбежались, и везде они вбегали в свои дома, доставали газеты и пытались вспомнить, что делать, если земля горит под ногами.

— В подвал, — сказала я громко. Он кивнул и пошел за мной. Я крикнула, чтобы он смотрел, куда ступает, — внизу была высокая ступенька, а я, в конце концов, привыкла следить за его здоровьем. Он ничего не ответил, просто положил два пальца мне на плечо. Мы спускались во тьму: Орфей наоборот.

Мы сидели на койке под голыми подвальными лампочками, внутри которых, словно усики насекомых, дрожали нити накаливания. Сирена пела, как циркулярная пила, надо всем: над игрушечной железной дорогой с городком, деревьями и зеркальным озером, по которому плыла пустая лодочка, наводившая меня на мысли о голодном водяном чудище. Над полками с нашими вещами: старым пистолетом, блестевшим от смазки (а рядом его возлюбленная — пуля), перьями, пачкой бумаги, марками и неким конвертом.

— О чем ты хотел меня спросить? — попыталась я перекричать сирену.

— Что?

— Ты хотел меня о чем-то спросить, до того как...

— А, нет, ничего, просто... Я хотел...

Внизу, в подвале, сирена жужжала у нас в ушах, как юла. Холланд снял свитер, а я расстегнула верхнюю пуговицу. Мы сидели в нескольких футах от отопительного котла.

И тут неожиданно шум стих. Какая же застывшая, звонкая тишина воцарилась.

— Надо дождаться отбоя тревоги, — сказала я наконец.

Момент был упущен, но он глядел на меня так, словно я была величайшей загадкой всех времен, а не женой, с которой он прожил много лет. Мне стало не по себе, я отвернулась. Я поняла, что не хочу слушать, о чем он там пытается меня спросить. Трусиха во мне хотела, чтобы он поступил достойно: пришел в себя, тихо и храбро.

Я сказала, немного повысив голос:

— Надеюсь, Лайл не напугался.

Он встревожился:

— Я забыл предупредить Сыночка об учениях.

— Тетушки ему все рассказали.

— Я начисто об этом забыл.

— Ничего. Они-то уж не забыли, они читают газеты.

— Это точно, — рассмеялся он.

— Все с ним хорошо.

Он улыбнулся и сказал:

— Я сюда давно не спускался. Тут так темно и тихо.

— Да.

— Напоминает мамин дом. То, как пахло в той запертой комнате. Не верится, что ты ко мне все время приходила. Не верится, что тебя не поймали.

— Твоя мама была очень умна.

Холланд наклонился ко мне, и старые лампочки задрожали.

— Почему мы тогда только целовались?

Странная тишина в подвале перенесла меня в его темную комнату в Кентукки. Юное лицо Холланда смотрело на меня то ли с благодарностью, то ли с похотью. Может быть, для него не было разницы.

— Я полгода не видел никаких девушек, кроме тебя, — сказал он, качая головой. — Знаешь, потом мне долго снилось только это. Шторы, двухэтажная кровать, стихи, которые ты мне читала. И мисс Перли.

Раньше он ни разу меня так не называл. Призрачная девушка преследовала его по ночам — так же, как он преследовал меня все месяцы своего заточения, годы без него и, конечно, годы с ним, спящим в своей кровати за дверью. Во сне он раскрывал мне объятия и обещал то, на что не был способен бодрствующий Холланд. Он говорил мне все, причем искренне, открывал призрачную грудь, показывая свое бьющееся смещенное сердце. Клялся мне в любви. Но я и представить не могла, что тоже снилась ему в те тусклые военные дни. Как прекрасно обнаружить, что ты был для кого-то привидением.

Его взгляд, ищущий в моем лице ответа на незаданный вопрос, — он принадлежал тому сидящему взаперти мальчику. Однажды зимой я пришла и увидела, что он стоит, залитый ярким светом, у открытого окна. «Холланд, тебя увидят!» — зашептала я, подбежала, опустила штору, а когда обернулась, то увидела его. Длинного, тощего, исхудавшего — одежда на нем висела. Он был похож на дом после пожара, красиво покрашенный снаружи, и только по закопченным окнам видно, что изнутри все выжжено. Тогда я была слишком юна и ничего не знала о заточении, о том, как оно корежит душу.

Когда мы сидели в том подвале в ожидании отбоя тревоги, в моей памяти открылось другое окно — другой Холланд в другой комнате. То, что увидел проснувшийся Базз. Вряд ли зрелище сильно отличалось от того, как выглядел Холланд в тот снежный день в Кентукки. Выжженное лицо, старающееся не расколоться от увиденного ужаса. Эти несчастные сломанные мужчины смотрят на тебя вовсе не пустыми глазами и не с ужасом. А так, словно ты первый признак жизни или красоты после долгой-долгой зимы. Всегда ли любовь образуется, как жемчуг, вокруг этих отвердевших кусочков жизни?

— Прости, что я тебе не писал, — сказал он.

— Я даже представить не могу, что ты пережил.

Он кивнул, глядя на отцовский пистолет, лежащий на полке.

— Но все равно прости. И мы ведь не попрощались.

— Я не знала, увижу ли тебя еще, — пожала плечами я.

— Даже представить не могу, что ты пережила.

Я поежилась, хотя в подвале было жарко.

— Но мы ведь выжили?

— Это точно, — сказал он, улыбаясь. — Ты, я и Каунти Каллен.

По его глазам было видно, что он хочет сказать что-то еще, может быть, попытаться наконец все исправить. Грустная улыбка, виноватое покачивание головой. Попытка на этот раз попрощаться. Я почувствовала руку мужа на плече.

— Я назначил свидание с жизнью...

— Ох...

— В день, который, надеюсь, придет, — шепнул он мне в ухо.

Я подняла глаза. Вот он, улыбается мне, рубашка расстегнута и открывает темный треугольник кожи.

Маленькая темная комната нашей юности. Мальчик в горячей постели, летом, которому снюсь я, мальчик, немножко сошедший с ума. И когда он прошептал: «Перли, ты этого...» — я угадала его вопрос, и я позволила ему. Я приняла это как подарок на память, словно во время войны, как способ проститься без слов. Там, на койке, под которой стояла железная дорога с городком. Там, в долгом ожидании отбоя тревоги, ответ на оба наших вопроса того дня. Он целовал меня и гладил, и было слышно тихое движение ветра, который проник в дом, бродил кругами, заставляя балки скрипеть легко-легко, словно пациент ворочается на больничной койке. Мы ненадолго вернулись в юность.

Мы думаем, что знаем тех, кого любим, — разве мы не видим их насквозь? Разве не видим их легкие и другие органы, висящие, словно виноградные гроздья под стеклом, их сердца, пульсирующие как положено, их мозг, где вспыхивают мысли, которые мы так легко предсказываем? Но я не умела предсказывать, что сделает мой муж. Каждый раз, когда я думала, что наконец вижу его до дна, — он ускользал.

Потому что, расстегивая мои пуговицы и открывая взорам подарок Базза — корсаж, сжатый пружинами, как мое сердце, — он сказал кое-что, отчего я остановилась.

Я запахнула блузку и отодвинулась.

— Что ты сказал?

Он приподнялся.

— Я сказал: «Никогда не меняйся».

Опять эта улыбка.

Никогда не меняйся. Мой мозг запылал. Потому что перемены были нам нужны как воздух, и больше ничего, кроме них. Не было другого варианта, и все-таки вот он,

улыбается как мальчишка и велит мне никогда не меняться. Я наконец решила, что он покорился своей жизни и со-
общает мне об этом по-своему, безмолвно. Что он мечтает
о переменах, ибо кто же выдержит такую жизнь, как наша?
Я была готова дать ему то, что он хочет, если он так решит.
Если, подходя, как и все мы, к порогу тридцатилетия, он
наконец поймет, чего желает его сердце.

— Я устала, — сказала я, выскальзывая из-под него.

— А, — сказал он удивленно. Не уверена, что раньше этому красавцу хоть раз запрещали себя целовать.

Он выжидающе посмотрел на меня, но я не могла ничего
сказать. Открой я рот, в комнате не осталось бы ни атома
кислорода. Пистолет подмигнул мне своим глазом. Нет. Он
не собирается меняться.

Конечно, он не собирался. И почему я решила, что он мог
бы? Это вообще невозможно, он же туман, туман не может
меняться, потому что не имеет формы. Он так привык быть
всем сразу, угождать всем. Да, да, конечно, я представляла
себе, как он нашептывает что-то Баззу, любуясь нервным
румянцем, заливающим его щеки, и не имея в виду ничего
из того, что говорит. Нет-нет, что-либо изменить означает
смертельную опасность, это означает потерять тех, кто его
обожает, потерять жену или сына, потерять собственный
рассудок — стоит кому-нибудь на дюйм сойти со своего места. Нет. Ничего не изменится: он будет купаться в восхище-
нии своего старого любовника, юной девушки, растерянной
жены и кто знает кого еще. Это будет длиться вечно, пока
его не арестуют, не начнут шантажировать или еще хуже.

Затем он пришел. Отбой тревоги — певучая, полная надежды нота, сразу после которой мы услышали, как соседи
кричат кличку нашей собаки.

— Они зовут Лайла? — спросила я, вставая.

— Кажется, да...

— Думаешь, он пролез под забором? Надо было заделать ту дыру.

Холланд очень встревожился.

— Он один не выживет, он даже лаять не умеет. Бедняга.

— Что, прости?

— Я говорю, он не выживет один. Он не из того теста.

Слова летели через комнату, как дротики.

— А я — из того?

— О чем ты?

— Подожди.

— Перли, что ты делаешь?

Я взяла нужную мне вещь с полки и держала в руке. И тут, под его нежным и потрясенным супружеским взглядом, решила сделать то, что необходимо.

Мгновения спустя я поднялась наверх, вышла через заднюю дверь в сад, увитый виноградом. Толпа неухоженных роз синела в сумерках рядом с лилейником, цветки которого как раз закрывались на ночь. Меж схлопывающихся лепестков одного из них копошилась запоздалая пчела. Может быть, она промедлит, окажется заперта в бездумном цветке и будет биться всю ночь напролет, пока не изнеможет до смерти в камере, полной пыльцы.

Холланд был уже на улице, звал пса по имени. Наклонившись, хлопал в ладоши: «Иди ко мне, мальчик! Лайл! Ко мне!» Он предложил пойти к океану, мол, туда может побежать немая собака, и мы спустились по Таравель-стрит туда, где над нами открылось сумеречное небо, затянутое облаками и розовое, как язык. Там я опустила конверт в небольшой железный почтовый ящик на углу. И затем, стоя лицом к океану, который не переплывали мои предки, безвинному океану, и спиной к стране, которая нас не любила,

Холланд вздохнул и посмотрел на меня с доверчивым, как всегда, лицом.

Я не прикасалась к пистолету на полке. Конечно нет, я не убийца. Он лежал в подвале, тихо, как всегда, и спал заслуженным сном после очередной войны. И все же, хотя никто этого не слышал, из того почтового ящика на Таравель уже вылетела пуля в направлении своей жертвы.

III

Спустя месяц после учебной воздушной тревоги туман выпустил город из объятий, и солнце стало проникать до самого Панхандла, а потом до стадиона Кезар и наконец до Аутсайдлэндс. Сан-Франциско — город не для двадцатого века, его промозглость хороша для женщин в кринолинах из конского волоса и мужчин в шерстяных сюртуках, а не для современной моды с голыми ногами и шеями. И мы все повалили на улицы греться на солнышке, как дети, пользующиеся хорошим настроением родителей, и в некоторые из этих дней, гуляя с Сыночком у океана, я начинала думать о Лайле.

Кто знает, какой безумный шепот слышит животное ночами, пока наконец, беснуясь от сирен, оно не подкапывает песчаную землю на заднем дворе и не выбирается, извиваясь, на свободу? Куда он побежал? К океану, наверное. Каждый запах, каждый след должен был привести его к океану.

Я представляла, как он перебегает Грейт-хайвэй, где грохочут грузовики, освещенную на каждом углу ярким красным самоцветом, и устремляется к Тихому океану, в пески. Бежит прямо в воду — его порода любит воду, — бесцельно бросается на пену, вывалив язык, и лишь инстинкт подсказывает ему, что тут делать. А покончив с этим, он мог пойти домой. Но по какой-то важной причине он забыл свой дом — забыл меня, Холланда и Сыночка, лучшего своего друга, и своих союзников (миску, поводок и компанию синих резиновых мячей), и своих врагов (почтальона, железную дорогу, демонический черный телефон), — и теперь скитался по свету без компаса.

Парк «Золотые ворота» — вот куда он, без сомнения, побежал потом. В тюльпановый сад, где туристы роняют недоеденные сэндвичи с яичным салатом и раскрошенные в труху конфеты «Некко Уэйферс», на поле для гольфа с дорожками пролитого виски и стариками, которые тихо мочатся в кустах, прежде чем крикнуть: «Нашел!» Вот он бежит вприпрыжку, хлопая ушами на ветру, и только три далеких гольфиста, приставив ладони козырьками ко лбу, наблюдают, как он золотистой молнией пересекает зеленое поле, улыбается собачьей улыбкой и ничего, ничего не помнит о нас. Ничего не помнит о ботинках, носках и конфузах на ковре. Парковые белки, суетливые, как бухгалтеры, и синие цапли, изображающие статуи в илистом пруду, а иногда и пролетающий над головой ястреб, навостривший глаз на нерасторопную мышь. А может быть, на Лайла. Возможно, домашние кошки, сбежавшие от хозяев, сидят в засаде среди рододендронов, а также ящерицы, и змеи, и кролики, может быть, целыми колониями живут под газонами для игры в боулз, или прячутся днем в Чайном саду, а по ночам выходят подъедать крошки от печенья. Балованные любимцы, разорвавшие свои цепи, блуждают по Аутсайд-лэндс. Живут скопом, в парке, одичало, охотятся стаями при растущей луне. Случайная частота в звуке сирены разбудила в них какой-то ген, и под ребрами вспыхнуло пламя, освободившее их, — ибо что может быть большей свободой, чем забыть свой дом?

———————

Базз на неделю уехал, а в новостях рассказывали почти исключительно про последние содрогания войны и про скорую казнь Розенбергов. Все считали, что Верховный суд откажет им в последней апелляции, и их смерть казалась делом решенным. Хорошо помню портрет Эйзенхауэра (отказавшего им в помиловании) с широкой улыбкой, где газетный карикатурист заменил каждый зуб крошечным электрическим стулом. Но в моем районе ни одна душа не сомневалась ни в вине Розенбергов, ни в том, что их пристенный столик был сделан специально для фотографирования документов, а не куплен в «Мэйсиз», чтобы поставить на него телефон, ни в судебной системе, которая их судила и приговорила, ни в суде высшей инстанции, который не стал рассматривать их апелляцию. И в Сансет не спорили за и против казни — такие разговоры велись к востоку от нас, в Норт-бич или даже среди чернокожих коммунистов в Филморе, с которыми мы не были знакомы, — нет, в нашей части города царило предрассветное возбуждение толпы, собравшейся любоваться повешением, прихватив корзинки для пикника.

Когда мы снова встретились в Плейленде, я сказала Баззу, что выполнила его просьбу. Кажется, он испугался — приступ совести, — потом положил шляпу на волнолом и сказал:

— Уверен, что уже слишком поздно.

Я сказала, что ничего больше не придумала.

— Не волнуйся, поживем — увидим. Конечно же, ничего не будет.

Десятки птиц сидели на песке, глядя на нас, и щебетали. Мы долго стояли у волнолома, скрытые проходящей мимо толпой, не зная, что сказать друг другу. А когда мы сошли с набережной, нас чуть не застукали.

Базз рассуждал о наших будущих свиданиях — он думал о кинотеатре. Мы стояли возле того поезда ужасов, рискуя быть поглощенными толпой жующих попкорн бойскаутов. Он наклонялся ко мне очень близко, чтобы перекричать беснующихся мальчиков, и тут я увидела, как со стороны парка движутся две знакомые соломенные шляпки с волнистыми лентами.

— Перли! — закричали они.

Я немедленно шагнула в сторону, дала Баззу раствориться среди скаутов (извержение попкорна, «Привет, мистер!») и продолжила идти, чтобы встретиться с тетушками в одиночку.

— Ты вышла на прогулку! — объявила одна из них.

— С Сыночком сидит Эдит.

— А Холланд тут? — осторожно спросила другая.

— Нет, конечно, он на работе.

— Откуда тогда эта шляпа?

Я посмотрела вниз — ну конечно, вот он, Баззов двухунциевый Доббс, который он с гордостью сворачивал в трубочку и запихивал в карман, а потом доставал невредимым. Наверное, я подобрала его с волнолома. У меня в руках мужская фетровая шляпа. В голову не приходило ни одного правдоподобного объяснения. Но мы не так интересны другим людям, как думаем. Они не моргнули и глазом, когда я ответила:

— Я не могу объяснить.

— А у нас совершенно ужасные новости, — сказала Беатрис.

Я улыбнулась. Базз стоял, спрятавшись среди мальчишек, словно статуя в бурлящем фонтане.

— Да что вы говорите.

— Про ревнивую жену. Во Фресно.

— Кажется, во Фресно случилась предыдущая история?

— Ну, видимо, там такое сплошь и рядом! — с негодованием заявила она. — Ревнивая жена взяла самолет и врезалась на нем в детскую площадку возле дома. И написала записку.

— Вот послушай, — сказала Элис, окутанная шлейфом старой любви. — В записке для мужа говорилось: «Ты однажды сказал, что все со всем смиряются. Но это неправда, и я тебе докажу». Только представь — написать такое.

— Куда уж мне.

— И чтобы доказать, она забрала то, что он любил, — сказала Беатрис.

— То, что он любил, — повторила ее сестра.

Беатрис засопела.

— Но самое ужасное, самое ужасное...

Самое ужасное было то, что в самолете была их дочь, а также их собака: то, что он любил. Они все рухнули на землю, объятые пламенем. И теперь это была не радиопостановка.

Одна из тетушек вздыхала:

— А муж, только представьте, муж смотрел, как падает самолет...

— Вот тебе и ревность, — сказала другая, со значением глядя на меня. — Вот на что способны женщины. А в большинстве браков как-то справляются. — Она стояла, как каменная колонна, и повторяла: — Большинство пар как-то справляются.

— Какой ужас, — сказала я, — думать о таком перед свадьбой, Элис.

— Ну...

— И знаешь, этот друг Холланда, тот милый белый паренек, — встряла Беатрис, — Не хочу мешать вашей дружбе. Но ты должна знать, что он лгун. Он страшный лгун.

— Да-да, Перли, — закивала Элис.

— Он всем говорит, что он отказчик. Но это неправда. Он трус. Трус и лжец. Он отрубил себе палец, чтобы не идти на фронт, точно тебе говорю, это же видно.

— На твоем месте мы бы с ним не водились.

— Подумай о Сыночке.

Интересно, что было у них на уме. Эти женщины, должно быть, знали гораздо больше, чем показывали. Тот давнишний ланч, «тревоги о прошлом» и крик «Не выходи за него!» — все говорило о том, что они зорко наблюдали. Они чувствовали, что что-то меняется, как слепой чувствует бурю, и в своей неловкой манере пытались нас остановить. Они были ужасно напуганы и пытались мне помочь.

Много позже я сообразила, что они, должно быть, видели насквозь всех нас. Они проводили свои стародевические часы при нас, отгородившись вязанием, — поколение женщин, которое ничего не слушало, но все видело, — и они видели все наши сердечные стремления. Не говорю, что они их одобряли. Думаю, обе они пеклись только о том, чтобы их племянник был счастлив, в их понимании счастья, и готовы были на все ради его спасения. Они думали, что его спасу я, но начинали сомневаться в этом. Мне не хватало чутья. Я была из тех, кто не видит ничего, а потом видит все. Думаю, чтобы кого-то спасти, нужно быть как тетушки, и смотреть на жизнь полузакрыв глаза, и никогда не колебаться.

Тетушки вручили мне подарок для Сыночка, хорошенькую розовую коробочку, и сказали, что зайдут в два, что в голове у них от огорчения все смешалось и они, пожалуй, побалуют себя сукияки, а затем укатились вдоль набережной, словно два пляжных мяча, один в горошек, другой в полоску, и улыбались друг другу. Славные старые сплетницы, чья совместная жизнь вот-вот подойдет к концу и они больше не смогут лезть в дела друг друга.

Я открыла коробку. Внутри было трио вязаных перчаточных кукол: тигр, судья и волшебник. Я с улыбкой рассматривала прелестные вещицы. Должно быть, они с большим тщанием их выбирали среди неказистых рукодельных игрушек, но все же сюжет, который могут разыграть эти три персонажа, был загадкой. Тигр, судья и волшебник... какой-нибудь кошмарный бракоразводный процесс? Считают ли они моего Сыночка трехруким марсианином?

— Благодарю вас, мадам, я возьму свою шляпу.

Базз, улыбаясь, отряхивался от попкорна. Он повел меня сквозь толпу, и мое сердце вернулось к нормальному ритму. Он снова взял меня за руку и зашептал:

— Ты так себя повела, как будто мы любовники...

Две недели спустя это наконец случилось. Возле раздела «Свадьбы, разводы» напечатали его фамилию.

Призван: Уильям Платт, район Сансет...

———————

Аннабель Делон вышла замуж за Уильяма Платта 20 мая 1953 года, после всего лишь недельной помолвки. Это произошло быстрее, чем мы ожидали. Была скромная церемония в Йосемит-Холле, в присутствии выживших однополчан ее отца. Я вырезала фото из газеты. Он был в военной форме. Она — в простом белом платье, на голове — длинная кружевная накидка. Так моя мать накрывала полотенцем свежий пирог — от мух. «Прекрасная дочь генерала Делона» — гласила подпись, и я была вынуждена согласиться. Спустя всего лишь день после того, как имя Уильяма Платта появилось в газете в списке призывников, она объявила, что выходит за него замуж, хотя, конечно, была не обязана. И это было не ради спасения его от войны — для Уильяма Платта не было больше никаких послаблений, да и она была не из тех, кто укрывает мужчин от армии. Среди нас таких немного. Нет, Аннабель вышла за Уильяма, продавца сельтерской, — как я и предвидела, — потому что она его любила.

— Я даже не знал, что они помолвлены, — сказал Холланд, когда я показала ему объявление в газете. Он развязывал галстук. Его глаза не выразили ничего.

— Наверное, они держали это в секрете. А когда Уильяма призвали, секрет раскрылся.

Он сложил галстук, намотав его на руку. Сказал, что на его памяти многие мальчики женились перед отправкой на фронт.

— Я тоже это помню.

Я не стала говорить, что тогда это делалось ради отсрочки. Он сказал, мол, никому не пожелаю, чтоб его в армию забрали, и грустно улыбнулся. Если и было драматическое расставание с Аннабель (на утесе у ревущего океана, горькая гримаса погашенного вожделения, бесслезное прощание: «Наверное, я буду хорошей женой»), то он не подал виду. Лед не зазвенел в его бурбоне, рука была твердой, как всегда.

— С ним все будет хорошо. Сейчас их просто тренируют, его даже никуда не пошлют.

Он кивнул и посмотрел прямо на меня. В тот день мы не говорили о том, как юноша может укрыться от войны.

Никто не заинтересовался, почему везение Уильяма внезапно кончилось. Просто однажды утром пришла повестка, и вся семья повела себя так, словно они давно ее ждали, словно исполняется какое-то пророчество. Никто не делал из этого трагедии. Война почти закончилась. Так нам обещал президент: наша миссия там почти выполнена, — у нас не было причин ему не доверять. В конце концов, он был генерал. Последний рывок — и все закончится, конечно же, туда уже не будут посылать призывников. На свадьбе старые вояки шутили, что Уильям не успеет попробовать корейской «стряпни» (сопровождалось непристойным жестом), как уже вернется домой, к старой доброй американской картошке.

Уильям озирался с широкой улыбкой — не думаю, что он понимал смысл шутки.

Конец войне. Базз надеялся, что он уже пришел, иначе не смог бы с чистой совестью продиктовать то письмо тогда в Плейленде, хотя после нам обоим казалось, что это бессердечно. И я спрятала конверт в подвале, хранила его там до воздушной тревоги. Тем вечером, пока сирена еще гудела у меня в ушах, я взяла его с полки и отправила. Я думала, что ничего не произойдет, я верила нашему президенту и считала, что в Корее безопасно, как в какой-нибудь Миннесоте. Казалось, что очень по-американски будет написать в инстанцию: «Службу воинского учета, возможно, заинтересует, что в результате недоразумения годный к призыву молодой человек, у которого не было брата...»

Подписано вензелем П и отправлено у океана. Становись стукачом — мистер Пинкер ни при чем.

———

Самым жестоким для меня было не то, что мы отправили Уильяма на войну. Он был обычным мальчиком с обычными потребностями, предрассудками и привычками. Бессердечный человек мог бы сказать, что существует некая поэзия в том, чтобы встать в шеренгу обычных мальчиков и выполнять приказы. Он понятия не имел, зачем кто-то после присяги отказывается выходить из строя и становиться солдатом. Уверена, он считал, что все это для общего блага, и, возможно, был прав. Крушение его жизни, счастья, его маршрута доставки — этой беды он, может быть, не заслуживал. Но мучили меня мысли об Аннабель.

Брак — это сказка, и он, как все такие истории, требует волшебной сделки. Требует отдать то, что ты больше всего ценишь. В данном случае она отдала свое будущее: Аннабель

Платт больше не ходила в университет, больше не сидела в пропахших серой аудиториях под скрип мела по доске рядом со ржущими мальчиками, больше не улыбалась, снимая руку профессора со своего бедра. Не видать Аннабель больше ни учебников, ни лаборатории, ни чудесного открытия, мерцающего в колбе Эрленмейера. Все это она обменяла на него.

Ее замужество: я поторопила его, как выгоняют цветок раньше времени. В панике авианалета я спешно выполнила план Базза, хотя от него уже отказалась, и какое-то время не думала о том, что он опасен не только для молодого человека. Посягательства Аннабель на моего мужа я пресекла, но я вовсе не собиралась пресекать ее жизнь. Она сама это сделала, но едва ли ее можно винить. Такие были времена, по таким правилам мы жили. Как мучительно вспоминать ту мою фантазию, когда я смотрела на ее золотую головку в кафетерии и мечтала о ее убийстве. Конечно, это было не более абсурдно, чем когда кто-то так же грезит в автобусе или на пляже о людях, заслуживающих того еще меньше. Я не убийца. Вот бы еще раз отыскать ее в кафетерии, пересечь бы расовую границу мистера Хасси и сесть напротив нее за столик. Я бы все объяснила, и она бы поняла. Но эту границу было никак не перейти. И в конце концов, как затравленный зверь, пытающийся сбить охотников со следа, я смогла освободиться, только переложив свою судьбу на плечи другой женщины.

В войну мы закрашивали хромированные детали машин, чтобы наши шоссе не сияли на солнце, становясь легкой мишенью для японцев. Мы так привыкли ко всему тусклому, что сверкающий дорогой автомобиль, подъехавший к нашему дому, вызвал шок. Звук клаксона подозвал меня к окну, и я увидела, как он блистает даже на тусклом сансетском солнце, отделанный где только можно ярким хромом, из-за чего казался очень новым. По всему кварталу домохозяйки отдергивали кружевные занавески, чтобы поглазеть, а мальчишки на велосипедах останавливались на обочине и оборачивались, щурясь, пока из этой кроваво-красной машины, громадной и круглой, как брюхо кита, выходил мой собственный Иона.

Я вышла во двор, вытирая руки полотенцем.

— Нравится? — спросил Базз с улыбкой.

— Где ты ее взял? — прошипела я, пытаясь загнать его в дом, но он стоял снаружи и любовался сахарным блеском. Он стал слегка беспечным, может быть, он смаковал эту историю, которая, казалось, быстро шла к концу.

Он погладил выпуклость под боковым окном.

— Агент разрешил мне на ней прокатиться. Покупать или нет? Вообще-то я трачу твои деньги, но я подумал, что мы оставим тебе старый «плимут», если ты не против...

Я увидела соседок в окнах и замахала на Базза:

— Тише, иди в дом.

— Нет, зови Сыночка, — сказал он, открывая дверцу. — Покатаемся.

Несомненно, Сыночку завидовал весь квартал: другие мальчишки видели, как он залезает на переднее сиденье этой прекрасной машины. Он сидел за рулем, как за штурвалом космического корабля, с лицом, расплывшимся от удовольствия, и осторожно трогал, не нажимая, все кнопки одну за другой. Я велела ему подвинуться и села на пассажирское сиденье. Дверь закрылась с окончательным звуком.

— Очень красивая, — сказала я Баззу, который сел за руль. — Никогда не сидела в такой машине.

Он очень осторожно посмотрел на меня, все еще улыбаясь.

— Нравится? Если хочешь, ты можешь взять себе такую машину.

Я оглядела приборную доску, руль и покачала головой.

— Нет. Но она очень красивая.

Базз сдвинул шляпу на затылок и завел мотор.

— Нам надо что-то симпатичное и большое, мы же поедем через всю страну.

Впервые за долгое время в «мы», которое он произнес, не было меня.

Я взглянула на сына и тихо сказала Баззу:

— Вы поедете через всю страну? Ты с ним говорил?

— Только о себе. Не обо всем.

— Я даже не знаю...

— Потом, — сказал Базз, кладя руку на голову Сыночка. — Я хочу вам кое-что показать.

Я оглянулась на дом моего супружества. Старый дом Куков внутри нового района. Белый, квадратный, на гладком фасаде единственное пятно — рубиновое стекло над дверью, словно вишенка на мороженом. Конечно, заросший виноградом и красивый красотой прирученного зверя. Дом, где произошли все настоящие события моей жизни.

Машина завелась с глухим урчанием пойманного зверя, а я сидела и гладила полосатую кожу, представляя, как она, новая и блестящая, покроется пылью и скомканными бумажками, кроссвордами и газетами, как на этот самом сиденье мой муж уснет, убаюканный жарой Небраски, пока Базз, начальник, едет по трассе, такой прямой и такой пустой, что можно читать роман в мягкой обложке, закрепив его возле приборной доски. По ту сторону Золотых ворот зелени было больше — природу обманул несвоевременный буйный ливень, и трава росла пышнее обычного. Я слушала вопли Сыночка, рассказывающего с заднего сиденья, как он провел день, веки тяжелели от усталости, и вот уже я сонно гляжу в туман, стелющийся над нами, словно шерсть, и вот глаза закрылись.

Мне почему-то приснился Уильям Платт. Он помогал мне перелезать через стену, и было очень важно через нее перебраться, потому что сзади за нами что-то гналось — даже не враг, конечно, — чудовище, тьма, закрывающая горизонт. Но я увязла в этом сонном веществе, которое приклеивает тебя к месту, и мне грозила опасность, а Уильям все тянул и тянул меня за руку и называл меня ужасным словом... А затем вдруг мы оказались в Плейленде, я на месте оператора аттракциона, а Уильям на самом аттракционе, почему-то в лодке в форме лебедя, а не в вагончике-катафалке, он махал и махал мне, широко улыбаясь, а его лодочка плыла к краю тьмы. А потом, словно в кино, где перепутали катушки, он исчез, а передо мной возник вымокший под дождем Холланд, на устах которого было только одно слово...

Я проснулась одна в одуванчиковом раю. Сердце колотилось, я жалобно всхлипнула. Машина стояла на обочине грунтовой дороги, которая разделяла золотую траву, словно гребешок — волосы, а среди одуванчиков (молодых блондинов и старых седых) я заметила кустики маков, которые, казалось, искрились. Я не сразу поняла, что это не свет, а прыгающие повсюду сверчки. Они сидят на земле, серые, как камень, пока их не потревожат, а потом прыгают высоко, выпуская подкрылья, которые на секунды загорались яркой берлинской лазурью. Зачем им эта цветная вспышка? Как помогает им выживать? Красоте нет объяснения.

В окно я увидела Базза, сидящего на одеяле рядом с завороженным Сыночком. Они оба загородили глаза от солнца ладонями, как землемеры. Мой сын улыбался во весь рот и не замечал, что над его головой выписывает вензеля бабочка.

Моя дверь старомодно хлопнула.

— Согласен, это чудесная идея, — сказал Базз, махнув рукой в сторону океана холмов. — Какой дом ты бы тут построил?

Мой сын минутку подумал.

— Дом на дереве!

Базз засмеялся.

— Ну, тут не так уж много деревьев. Как насчет дома на сваях?

— Хорошо.

— Покажи где.

Но я уже схватила Базза за руку и тащила сквозь густую траву назад к машине, а сверчки так и скакали в стороны. Он явно удивился, словно я оказалась сильнее, чем он рассчитывал, но я не дала ему вставить слово, а яростно зашептала:

— Как ты смеешь?

— Я хотел показать Сыночку...

— Я знаю, что ты делаешь. Я не дура.

— Мальчики тоже любят мечтать.

— Как ты смеешь показывать такое моему сыну? Показывать вот это все? — я простерла руку в открытое небо с облаками, такими же яркими и такими же лохматыми, как трава под ними, и все это шевелилось и шелестело на сильном ветру, пахнущем океаном. Мой шарфик развевался вовсю. — Спрашивать его, какой бы он хотел дом, господи боже! Чтобы он размечтался, а ты потом все это забрал.

Он снял шляпу и очень спокойно сказал:

— Все это будет, Перли.

— Ничего ему не обещай. Не разбивай ему сердце.

— Все случится. Сейчас нам ничего не мешает. Мы это осуществим. Вместе.

— Все будет так, как решу я. Если я получу деньги, твои деньги, то сделаю что захочу.

Он отвернулся, слегка улыбаясь, несмотря на мои крики.

— Тут пятьсот акров, как ты говорила.

— Что это значит?

— Как ты мне сказала. Я хотел, чтобы вы с Сыночком это увидели.

Я открыла рот, но не придумала, что сказать. Высоко над нами пролетел гриф-индейка, так высоко, что казался красивым как ястреб, он парил, подруливал крыльями, покачивался в горячем синем небе. Пятьсот акров, а вокруг забор.

— Это слишком скоро, — твердо сказала я.

— Нет, Перли. Тебе надо быть готовой. Если ты знаешь, чего хочешь, то можешь это получить, но тебе нужно отпустить старую жизнь, отпустить Холланда...

— Мне это не нравится, — рявкнула я. Почему-то меня больше всего разозлило то, что он обманом выманил у меня мечту. Что он ее выслушал, обдумал и привез нас на нее смотреть. — Мне не нравится. Ты покупаешь у меня мужа...

— Успокойся.

Но я не успокоилась. Мой голос был тих и тверд:

— Ты покупаешь у меня мужа, словно на аукционе. Ты рушишь нашу семью...

— Перли...

Я показала рукой туда, где мой сын хотел построить дом на сваях.

— Старая история.

Он понял, о чем я.

— Это нечестно.

— Вполне честно, — кивнула я и пошла к машине.

— Я пытаюсь быть тебе другом.

Я обернулась. Он щурился на ярком солнце — в руке шляпа, волосы полощутся светлыми прядями. Я улыбнулась.

— Мы не друзья, мистер Чарльз Драмер. Мы не друзья. Мы просто вместе влипли. Мы просто... Как ты тогда сказал? Родились в плохое время.

— Ясно.

Сыночек лежал, раскинувшись на одеяле, и спал на солнышке. В золотом меху холмов за ним растворялась грунтовка, и я увидела, что в низинке пышно растут камыши — должно быть, там прячется небольшое озеро, — а за всем этим, между двух гор, как алмаз, светилась надеждой морская синева.

— Я слышала, что ты сделал в войну.

Он посмотрел на меня — возможно, мои слова были слишком резкими.

— Тебе Холланд сказал?

— Нет, другие. Они сказали, ты вообще не был уклонистом. А был лжецом. И трусом, совсем как Холланд. Они сказали, ты отрубил себе палец, чтобы не идти на войну.

Он глядел на меня, как глядят на головоломку перед тем, как собрать ее. Потом спросил:

— Тебе так сказали? Чтобы не идти на войну?

— Да.

— Это неправда, — сказал он не столько мне, сколько в воздух. — Я никому никогда не рассказывал, даже Холланду.

Впереди из высокого зеленого холма выступал большой полосатый камень. Пейзаж длинной ломаной линией пересекала глубокая впадина, проточенная ручьем, хотя самого его не было видно. Вокруг были признаки движения, но ничего не двигалось. Земля лежала тихо, как кошка.

— Перли, я рассказал тебе правду, — сказал он наконец. — Давай на этом остановимся. Меня отправили в лагерь. Это было давно.

Но я не унималась:

— Ты как-то оттуда вышел. И приехал сюда.

— Я уже говорил тебе, что это был за госпиталь.

— Значит, ты не симулировал?

Он обернулся на меня.

— Сумасшествие?

— Да.

Базз стоял, положив руки на бедра, и ветер полоскал полы его рубашки.

— В Индии я был в храме, где монахи питались одним солнечным светом. Думаю, разок в день они пили бульон, но сами говорили, что ничего, кроме солнца и воздуха. От этого, по их словам, у них были видения. Они отрешались от иллюзий нашего мира. — Я ничего не понимала. — Ты когда-нибудь достигала предела своего рассудка? Голодала когда-нибудь?

— Мои родители старались как могли, — рассердилась я. — Времена были трудные.

— Знай, что я дошел до этого предела. Я не симулировал. То, что случилось в войну, случилось со всеми нами, я и пытаюсь предотвратить. То, из-за чего я оказался в том госпитале, то одиночество. Не знаю, как еще объяснить. И я снова ощутил это в холостяцкой квартире, над которой ты смеялась, где была всего одна конфорка и не было выхода. Я думал, что забыл Холланда, ведь прошли годы. А затем снова это ощутил. Я бы не стал этого делать, не стал тебя мучить, если бы знал другой способ.

— Лагерь свел тебя... — я не могла заставить себя произнести «с ума».

— Не лагерь. Из лагеря я сумел выбраться.

Ему помогли вырваться два приходящих доктора. Они были словно два медика, приехавших в городок на фронтире, — один высокий с редкой бородкой, другой низенький и улыбчивый. Один был из Испании. Они появились в конце рабочего дня, и небо простиралось над ними, как скелет огромной птицы, выкрашенный в розовый закатным солнцем, и усталый начальник-квакер объявил, что они ищут здоровых добровольцев для медицинского исследования. Такое бывало время от времени: кто-то вызывался добровольно носить зараженную вшами одежду и испытывать инсектициды, кто-то ел фекалии для изучения гепатита, кто-то месяц жил при нуле градусов — смысл всего этого был в том, чтобы делать хоть что-нибудь и хоть чего-нибудь стоить в воюющем мире. А эти два доктора просто раздали листовку со словами: «Согласен поголодать, чтобы их лучше кормили?»

«У вас слабый ум?» — спросил Базза испанец в холодной металлической комнате, и тот покачал головой. «У вас усталое сердце?» — и он снова покачал головой. Казалось нелепым, что таковы требования для участия в исследовании, и только потом Базз понял, что доктор плохо говорил по-английски.

Базз сказал, что покинул лагерь и отправился в Миннесоту. Поезд сбил его с толку: по вагону-ресторану носились студентки в свитерах и истошно хохотали, а после них набежали студенты. Были и странные попутчики вроде мужчины, державшего на соседнем сиденье гигантскую виолончель, и еще одного — стоявшего между вагонов и крутившего самокрутки с помощью пластмассовой машинки, — этот с улыбкой предложил ему угоститься. Поезд оказался изобильным миром, другими словами — городом, однако на каждой станции висели плакаты, напоминающие пассажирам: «Так ли уж необходима эта поездка? Берегите топливо для наших парней. Совмещайте поездки или обходитесь без них». Но в Миннеаполисе, кажется, никто себя не ограничивал по сравнению с теми местами, откуда приехал Базз.

Лаборатория гигиены располагалась в университете, в комнатушках с ярко-зелеными стенами. Там он и встретился с другими участниками эксперимента. И сразу принялся оценивать других — мол, хорошо ли они смогут приспособиться. Позднее все узнали, что первые впечатления ничего не значат — ни крепкое рукопожатие, ни уверенная улыбка, ни здоровый аппетит, ни даже опыт бедности и недоедания. Никто не смог предсказать, кого испытание сломает.

Они жили в чем-то вроде общежития, где стены были выкрашены в тот же цвет, что в лабораториях. Там был холл, где они курили, читали журналы или готовились к занятиям — им разрешалось ходить на лекции, — и не было ни замков на дверях, ни охраны. Эта часть жизни отказчика была позади. Стоял ноябрь, они были в Миннесоте, но Баззу и остальным свобода казалась первой весточкой весны.

Времени у них было не очень много: занятия языками занимали двадцать четыре часа в неделю — предполагалось, что их потом могут послать за границу работать в лагерях беженцев. Они выполняли разную черную работу, не такую унизительную, как в лагерях, — стирали и чистили картошку, — а Базз учился бизнесу и взял курс по литературе. Он впервые попал в университетскую аудиторию. Переживая, что ему здесь не место, он садился в заднем ряду, чтобы, если его попросят уйти, сделать это быстро и без конфуза. «Было странно видеть таких спокойных и свободных молодых людей», — сказал Базз. Они внимательно следили за ходом войны, и некоторые исчезали, уходили на фронт, но почти никто не чувствовал неловкости от того, что просто живет и читает Чосера, когда мир горит в огне. Базз чувствовал, что очень далек от них.

А эксперимент поначалу не требовал вовсе никаких усилий. Они должны были проходить двадцать две мили в неделю, походы в столовую составляли две мили, плюс спорт или катание на коньках, которыми они могли заниматься в свое удовольствие. Долгое время они ели столько, сколько требовалось мужчине. Кормили лучше, чем в лагере, по крайней мере разнообразнее, чем ветчина «спам» и ежевечерние яблоки. Примерно через три месяца доктора сказали, что контрольный период завершен, и теперь у них будет новый режим. Базз ждал этого с нетерпением. Он не мог убивать людей, оказался неспособен выжить в лагере. Наконец-то здесь он сыграет свою роль.

Он не знал, что такое голод, — откуда ему? Откуда это знать нам всем, ноющим «умираю от голода» через час-два после завтрака? В Депрессию, а потом в войну, когда еда стала по карточкам, мы думали, что узнали. Но нет. Этих ребят в Миннесоте стали кормить в восемь утра и пять вечера, им давали капусту и картошку объемом меньше половины их привычных порций. Это продолжалось месяц, два месяца, шесть месяцев. Их тела усохли на четверть.

У голодающих людей одинаковое выражение лиц. Этот тупой апатичный взгляд вы видите на съемках из Африки, у бездомных на улице, и всего через два месяца у Базза стал такой же взгляд. Это называется «маска голода». Она появляется, потому что лицевые мускулы усыхают. Какие-то части тела худеют и становятся твердыми, например руки и ноги, а другие обвисают, например колени. Легкие слабеют, сердечная амплитуда сокращается, пульс начинает замедляться, хотя сама кровь разжижается, ведь тело непонятно почему накапливает воду. Одеваться становится трудно, открыть бутылку вожделенного молока кажется невозможным (злая ирония), даже книгу не получается удержать открытой достаточно долго, чтобы ее читать. Он рассказал мне, что узнал разницу между тоскливыми голодными болями и резкими внезапными спазмами. Иногда голод длится так долго, начисто опустошая все скрытые кладовые тела, что начинается предвестие старости: спина ссутуливается, фигура оседает. Двадцатилетний голодающий может испытать ощущение, которое вернется к нему не раньше, чем через шестьдесят лет: чувство, что он состарился. Интересно, чувствовал ли его Базз, когда действительно постарел? Вставал ли он, восьмидесятилетний, с кровати, с удивлением узнавая тот скрип суставов, ту дрожь старого тела, которые уже переживал в молодости?

Они перестали ходить на лекции, прекратилось катание на коньках и физкультура, они перестали делать все, но не могли перестать мечтать о еде, они воровали в ресторанах меню и изучали каждый пункт, как взломщики, планирующие ограбление. Глаза у Базза приобрели сухой блеск, позвоночник стал сегментированным, словно гусеница, а разум парил в цветном облаке, в северном сиянии. Он больше не мог ходить по беговой дорожке, даже несколько минут, и не потому что уставал или не хватало силы воли. У него просто не осталось мышц, чтобы двигаться. Он сказал, что чувствовал себя существом из детской книжки, неестественным, как ожившая по волшебству метла. Ему сказали, что его сердце уменьшилось до двадцати процентов от нормального размера. В результате голодания, конечно, но его спутанному сознанию это показалось логичным. «Это стало облегчением», — сказал он, ведь как кто-то мог его любить? И кого мог любить он сам?

— У вас здесь все в порядке?

Полицейский высунулся из патрульной машины. Опущенное стекло врезалось в его жирную подмышку. Видимо, компания из белого мужчины и чернокожих мальчика и женщины показалась ему необычной. Он обращался к Баззу.

— Все хорошо, — очень учтиво ответил Базз.

— Вообще-то это частная территория. Вам сюда нельзя.

— Я знаю хозяев. Мы потенциальные покупатели.

Полицейский покатал эту мысль у себя в голове, как шарик жвачки, пока наконец она, звякнув, не встала на место. Оглядел меня с головы до ног.

— Вам бы в другом месте землю поискать, — сказал он со значением, а затем посоветовал нам не задерживаться. Уезжая, он поднял похожее на джинна облако пыли.

Я не произнесла ни слова. Сквозь меня катились волны страха и ярости. Память о Кентукки.

— Уже поздно, — сказал Базз, закидывая пиджак на плечо и идя к Сыночку, который в последний раз шевельнулся во сне и открыл глаза. Базз подошел и взял мальчика на руки, а тот притворился спящим, как всегда делал с отцом. В воздухе вокруг нас висели картины голода. Дай ему, что он просит, подумала я. То, что хочет он, легко дать, а чего хочу я, я даже не знаю, хотя это вот — подойдет. Пятьсот акров, а вокруг забор. Пусть все закончится. Мужчина нес мальчика через волнующееся золотое поле и, проходя мимо меня, сказал: «Отвезем твоего сына домой». Пусть у каждого сбудется желание.

Я ухитрилась сэкономить пятьсот долларов из тех денег, что дал нам Базз, но, даже не притрагиваясь к заначке, я все равно могла много тратить на Сыночка. Базз уехал в дальнюю поездку, продавать свою фабрику, и сказал мне «сидеть и ждать». Я была рада думать о чем-нибудь, кроме новостей о войне и призывниках. Я купила сыну новые шины на ноги (на старых вытерлась кожа), стала чаще водить его к доктору, а в качестве награды тайно спонсировала участие соседского мальчика Хэнка в Гонках мыльных ящиков* с условием, что Сыночку разрешается смотреть и помогать красить. Хэнк торжественно принес сложную бойскаутскую клятву, и мы все втроем отправились к дилеру «Шевроле» на Ван-Несс-авеню покупать гоночные колеса установленного образца и детали машины. Неделю Сыночек сидел на табуреточке, наблюдая, как рыжий Хэнк собирает машину, сидел абсолютно молча и тихо и только несколько раз задавал вопросы («Как она рулит?»), и Хэнк с мученическим видом поднимал голову и медленно объяснял.

Я не могла купить ему такое детство, как у Хэнка, но смогла исполнить две мечты. Первая — побывать на гонках,

----

* Детские автогонки на безмоторных машинах, сделанных из подручного материала, проводятся в США с 1933 года. Во время своего расцвета, к которому относятся и пятидесятые, они входили в пятерку самых посещаемых спортивных соревнований в Америке.

где тюки сена отгораживали зрителей от самих участников, которые, кто в шлемах, а большинство в бейсболках, неслись вниз по склону в деревянных ящиках, агрессивно разрисованных, в подражание уличной шпане, языками пламени, чертями, змеями и рогами, хотя сидели в них водители-ангелочки. Хэнк финишировал одним из последних, но его поражение позволило исполнить вторую мечту: мы засунули слабые ноги моего мальчика в машину, научили его крепко держать руль и позвали четверых мальчишек, которые неохотно, но все же провезли его два квартала по безлюдному участку улицы. «Смотрите на меня, — все кричал он, — смотрите на меня!»

Потом он сказал мне, что выиграл гонку.

— Точно! — сказала я, со смехом поднимая его на руки. — Да, малыш, ты выиграл!

Пока сын любовался машиной Хэнка, я дала каждому веснушчатому мальчишке по доллару. Но остальное сберегла на будущее — мое и Сыночка, мало ли что будет. Я не могла дать ему их детство, но это дать могла.

Обычно по субботам мы с Холландом ходили к Фюрстенбергам смотреть сериалы — «Сыщик» и «Кавалькаду звезд», — пока не устанем, а потом дремали под мерцание пистолетов и поющих шведов. Я хотела сохранить этот распорядок, так же как продолжала готовить ему ужины и принимать его поцелуи, встречая с работы. Вся моя жизнь свелась к ожиданию, когда же это закончится. Так что я удивилась, когда после ужина муж предложил пойти на танцы.

— В «Роуз боул», — сказал он.

— Почему ты про это вспомнил в кои-то веки?

— Сегодня афроамериканский вечер.

— Знаю. — Я взяла его тарелку и потянулась к раковине. — Но это так далеко...

Он посмотрел на меня со своей старой ухмылочкой.

— Разве у тебя нет нового платья?

«Роуз боул» был уникальным заведением — танцплощадку построили среди деревьев, стволы которых поднимались сквозь прорези в досках, а листья местами загораживали звезды. Только там пьяный солдат мог приложить партнершу спиной о платан, а потом остаток вечера за это извиняться. Находился он на том берегу залива, в Лакспере, и сорок лет назад юные танцоры плыли туда на сияющем огнями пароме, пили из фляжек и хохотали, когда паром качался на неверных волнах, пьяненьких, как они сами. Парома не стало в 1953-м, так как построили мосты, но когда ты туда ехал, то все равно что-то такое чувствовалось, и ты с улыбкой смотрел на машину, выезжающую из Лакспера, зная, что внутри сидят какой-нибудь парень и его девушка. Иногда там устраивали особые вечера, например студенческие или ветеранские, только для белых. Так что на афроамериканский вечер приехали мы все, старые и молодые, и танцевали на той площадке под гирляндами из лампочек, окутанных туманом, на нас падали листья, а огромная бумажная луна, которую кто-то раскрасил в день бабушек и дедушек, подмигивала, как сам дьявол.

По дороге туда я вдруг осознала, как давно мы с Холландом не были наедине. Чувствовала себя, как, должно быть, чувствует эмигрант, глядя на страну, которую вскоре покинет. Мы ехали, слушали радио, и он рассказывал мне историю, услышанную на работе: о том, как машина сбила собаку-поводыря, а ее слепая хозяйка не поняла этого, пока ей не сказал какой-то прохожий. Она согнулась пополам и зарыдала прямо на улице. Я всегда вырезала такие грустные истории из его газет.

— Думаешь, Сыночек по нам скучает? — спросила я.

— Уверен.

Когда он покосился на меня улыбкой, я подумала о тех его особенностях, которых скоро не будет. Маленькие запинки в разговоре, которые то появлялись, то исчезали. Привычка расслаблять усталые глаза, зажмурившись и вращая ими под веками. Эти серебряные запонки в виде шляп.

— У тебя все хорошо? — спросил он.

Я сказала, что да, а нам на светофоре надо налево.

Симпатичный юноша на входе взял у нас деньги, за его спиной были видны музыканты — они курили сигареты, отдыхая между сетами, и перебрасывались шуточками, а серьезная саксофонистка полировала свой инструмент. Зрители были в возбуждении, словно только что кончился большой танцевальный номер, и они едва не плакали от счастья. Все болтали, смеялись, а несколько пар продолжали танцевать, уже без музыки, с закрытыми глазами, в плену настроения, которое мы уже не успеем поймать. Муж прокричал мне что-то, но я не услышала, а затем замахал через весь танцпол молодому солдату с аккуратными усами. Они принялись бешено сигналить друг другу, словно птицы в брачном танце, а я вертела головой и разглядывала стволы без коры, отполированные руками одиноких девушек, ясное небо, изрытое звездами, а ниже — гирлянды лампочек, к которым в шутку тянулся, чтобы выкрутить, какой-то юноша, а спутница радостно била его сумочкой. Подошел солдат со стаканами пунша, и я поняла, что делал Холланд: заказывал нам выпивку. Я взяла один стакан и быстро его осушила, потом взяла другой. Солдат предложил нам по сигарете, и в его улыбке я увидела кривые зубы мальчика, росшего в бедности.

Холланд представил меня молодому человеку (бывшему складскому рабочему, а теперь рядовому на побывке) как «миссис Кук, которая ходила сюда со мной еще до того, как мы поженились».

Юноша вежливо просиял и спросил, изменилось ли это с тех пор, словно речь шла о давних временах.

— Мы были здесь всего пару раз, — невпопад сказала я.

— А вот это хорошая! — прокричал Холланд, залпом выпил один пунш, затем другой, взял наши стаканы и отнес на стойку, а потом схватил меня и закрутил против часовой стрелки, ввинчивая в толпу танцующих пар. Его знакомый со смехом прислонился к дереву.

О, он умел танцевать, мой Холланд Кук. Отлично танцевал еще мальчиком, а сейчас, никогда не учившись, он мог посмотреть по сторонам и подхватить движения. Мой талант был в том, что я умела слушаться партнера. Нынешние девушки понятия не имеют, как слушаться партнера. Одна его рука у тебя на талии, средний палец прижат, другая держит твою и передает команды легкими сжатиями, эти команды никогда неизвестны заранее, а иногда так неожиданны, что, заканчивая вращение, ты хохочешь, потому что он искоса ухмыляется тебе, выполняя движение, которое только что подсмотрел на другом конце зала. У него не было особого таланта. Как всякий дилетант, он ничего не изобрел, ничего не улучшил. Но танцевал он так, как только и должен танцевать молодой мужчина: будто хочет меня охмурить.

От фонарей и листьев везде ложились узоры, как в теневом театре. Саксофонистка начала долгую и мощную импровизацию, и я положила голову мужу на грудь и заслушалась.

Где он это прятал? То, что его убивало? Танцует, смеется, так беззаботно флиртует со мной — а прячет там же, где и все мы. Наверное, принцип человеческого существования в том, чтобы выучить фокус: кладешь мерцающую монету на линию сердца, сжимаешь ладонь в кулак, а потом — вуаля! — через секунду пальцы разжимаются, а ладонь пуста. Куда делась монета? Она тут, никуда не делась, на протяжении всего супружества она тут. Это детский фокус, все его выучивают, и как грустно, что мы никогда не замечаем, а идем и женимся на девочке или выходим замуж за мальчика, которые показывают нам пустую ладонь, хотя, конечно же, она тут, прижатая большим пальцем, — вещь, которую они не хотят никому показывать. Сокровенное желание.

— Ты надушилась «Редививой», — шепнул он.

Я сказала, что да.

— Ты никогда ею не душишься.

Я сказала, что не знаю почему. Нашла флакон, и всколыхнулась какая-то ностальгия. Я услышала, что его сердце забилось быстрее. Он оглянулся на оркестр, тяжело дыша.

— Мне, наверное, придется этот танец пересидеть. Не знаю, что на меня нашло.

Он прислонился к дереву, и тут началась новая песня, медленная-медленная, и зазвучал миллион струн (на самом деле только две, но умноженные на лунный свет), и пары бродили по танцполу, решая, кто же отважится на медленный танец после всех этих быстрых композиций. «Уж больно он маленький, — услышала я за спиной шепот девушки с душистой гарденией в волосах. — Он мне аккурат в грудь уткнется». Холланд отправил меня танцевать с солдатом, который принес напитки, так что я мило улыбнулась и дала молодому человеку себя увести. Он медленно и неуклонно вел меня по кругу под длиннорукими платанами. Он был из тех танцоров, что подпевают музыке, и начал мычать, как только оркестр заиграл импровизацию на Will You Want Me в ломаном ритме.

Эти тени деревьев и вибрация от его мычания, которая через его руки чуть-чуть передавалась и мне, вызвали во мне что-то, что исчезло, как только появилось. Я попыталась ухватить его, сбилась с шага, пришлось улыбнуться и взять себя в руки и снова поймать ритм, все это время сосредотачиваясь на том воспоминании. Вроде бы это было воспоминание, только позабытое. Мы сделали еще полкруга по танцплощадке. Затем мой партнер снова начал мычать, и вот опять — словно сонный солнечный луч упал, — и на этот раз я не отпустила его: щель в шторе, тень от дерева, напевающий юноша... и оно снова пропало, теперь навсегда. Мозг сохранил маленький кусочек моей юности, а когда его случайно вызвал к жизни этот солдатик, вскрыл, словно аварийный набор. Выгоревшее, но пока едва различимое воспоминание: юный Холланд, прячущийся у себя в комнате, напевает мне в ухо, лежа на кровати подле меня. Я посмотрела на партнера, который, конечно, ничего этого не чувствовал.

И посмотрела на Холланда, который стоял, привалившись к стволу и широко открыв глаза.

Весь танец что-то словно тянуло меня за рукав, а оказалось, что это я сама, девочка, показывала себе кусочек прошлого. Я видела, что и с Холландом что-то происходит. Возможно ли, что он по чистой случайности увидел в том же мелькании теней листьев и света, в том же оркестре, слегка отстающем от ритма, слабый след прошлого? Может быть, шуршание бумаги (девушка за его спиной доедала шоколадку) превратилось в шуршание газеты, которую когда-то давно читал Базз. Каждый день, в точности как и мой обрывок памяти относился к каждому дню. Кто я, чтобы гадать, что у моего мужа на сердце? Знаю только, что он выглядел как человек, у которого нигде не болит. Мы будем счастливы, каждый из нас. Тот путь, что я выбрала, — правильный путь. Жизнь потечет, как ей положено, меж своих берегов, как река без плотин. Больше никаких сомнений. Мы долго смотрели друг другу в глаза, каждому из нас удалось сделать удивительное — обмануть время, — и это единственное известное мне определение счастья.

Музыка стихла. Певец в серебряном галстуке сказал: «Леди и джентльмены, пора!»

Возле меня возник муж со стаканами в руках, а из-за эстрады под зорким наблюдением лаксперских пожарных вознеслись на тридцать футов в небо огромные столпы ревущих искр, и мы зааплодировали — конечно, мы кричали до хрипоты, как же иначе? И мерцающий занавес, и эта стена огня, шипение и искры, которые нас куда-то уносили, — конечно, все тревоги развеялись, и, конечно, он поцеловал меня на том танцполе благодарным прощальным поцелуем — мой старый муж, моя старая любовь.

———————

Холланд уехал раньше, сказав, что плохо себя чувствует, а мне, должно быть, ударили в голову коктейли, потому что я согласилась остаться танцевать, если он договорится, чтобы меня потом отвезли домой. Он поцеловал меня на прощание, сказал, что с ним все будет в порядке, а я пусть развлекаюсь. Меня приглашали разные мужчины, и я с ними танцевала, но по большей части держалась своего мычащего солдатика, возможно, в надежде на волшебство, на то, что он вернет мне и другие осколки памяти. Не вернул. Вместо этого он подо все песни танцевал один и тот же фокстрот — под быструю музыку посложнее, под медленные номера поспокойнее. Мне же больше всего нравилось находиться в толпе расслабленных людей, двигающихся, как конькобежцы, против часовой стрелки. Я так долго отказывала себе в этом чувстве — чувстве, что ты как дома.

Молодому человеку — его звали Шорти — доверили везти меня домой, и снаружи нас ждало такси, светившееся, как телефонная будка. Внутри сидел таксист и увлеченно читал, пока Шорти не привлек его внимание стуком в стекло. Мы поехали.

— Я видел, как муж целовал вам руки на прощание, — сказал Шорти. Серебряные ветви яблоневого сада закрывали луну, и я обернулась, пытаясь разглядеть его лицо, проступающее из темноты. У него были очень большие глаза, усы и очки в проволочной оправе, блестевшей, как гравюра.

— А, он всегда так делал. Еще в детстве.

— Вы так давно его знаете?

— Ну да, довольно давно. Мы познакомились в Кентукки, мне было шестнадцать.

— Я из Алабамы. Должно быть, он очень добрый человек.

— Да.

— Вам повезло, — сказал он и добавил: — Он такой красивый.

— А, да, — сказала я, снова глядя в окно. — Он красивый.

В его голосе мне послышалось тайное желание:

— Правда.

Значит, он тоже «один из них». Такие мужчины, они везде, и меня будет вечно к ним тянуть. Я откинулась на сиденье, вздрагивая при мысли о мальчиках-подменышах, которые сейчас рождаются, и о бедных девочках, которые их когда-то полюбят.

— Должно быть, вы его очень любите, — мягко сказал он. Он сидел очень тихо и глядел на меня.

А я смотрела, как лунный свет околдовывает склоны холмов, рогатые ветви деревьев, берег залива без единого корабля. Луна поднималась быстро, она нашла на небе стадо облаков и, коснувшись их, превратила в суставчатые сполохи света. Звезды изо всех сил старались, чтобы их было видно. А мимо пролетали фермы, сараи, мельницы, и все сияли в свете луны, как фарфоровые.

Вдалеке какое-то животное — кажется, койот, — неслось по холмам, чертя светлую линию, словно комета.

— Миссис Кук? — снова позвал меня молодой человек.

— Простите, да, конечно. Он прекрасный человек.

— Такая красивая женщина, как вы, его заслуживает.

Мы подпрыгнули на камне, и моя рука упала на сиденье между нами, скользнув по руке Шорти. Не знаю, почему я ее не убрала.

Таксист зажег спичку, и нас на краткий миг омыло теплым светом, пока он не поднес ее бережно к сигарете, прикурил, а затем стряхнул спичку, как градусник, оставив только дымный знак вопроса. Я смотрела в окно на проплывавший мимо дом, затем обернулась к Шорти, и он меня поцеловал.

Воспоминание свежо, словно вчерашнее: он обнимает меня одной рукой, а другая скользит вдоль моей ключицы к груди в ее корсетной чашке, запах тоника для волос от его кудрей, и то, как он, склонившись надо мной, дышал прерывисто, даже отчаянно, и шептал: «Ты такая красивая, ты такая красивая, Перли, я просто хочу...» Все, из чего состоял этот момент, было молодым — лихорадочная неловкость, его бессвязное бормотание, мое сердце, стрекотавшее, как безумный сверчок, общий угар и волнение, — но нас самих я молодыми не воспринимала. В моей памяти в те десять или двадцать минут, пока я не рассеяла чары, не повалилась, смеясь, на дверцу машины, мы просто были живыми.

— Почему ты смеешься? — спросил он, сам пытаясь улыбнуться и одновременно заманить обратно в объятия.

— Ой! — сказала я, но объяснить не смогла. Вот будущее, которое я себе запланировала. Луна и звезды, другой человек рядом, спичка в ночи. Вот оно. Мне еще не приходило это в голову, как никакой сообщник не задается вопросом — а что будет с ним после совершения преступления. Он слишком настроен на свою роль, свои обязанности. Вот моя одинокая жизнь. И эта мысль меня так поразила, оказалась такой приятной, свободной, что я засмеялась как дитя и не могла остановиться весь обратный путь через мост. Шорти брал меня за руку, улыбался и пытался поцеловать, и опять я начинала трястись от смеха. Только представьте: снаружи — один из прекраснейших пейзажей на свете, вид на ночной город, усеянный бриллиантами, справа и слева маячат огромные золотые опоры моста, а внизу клубится и мерцает роскошный туман, а я могу только смеяться. Я все поняла неправильно, он совсем не был «одним из них». Он был пьяным молодым мужчиной, который пытается урвать немножко радости: вот луна, вот оплаченное такси, а вот женщина, которая кажется ему красивой. Я не могла угадать, чего хотят мужчины, кто их разберет. И я простила себя за смех. Будет еще куча времени, когда все это кончится, когда я смогу дышать, а распаленное, полное надежды лицо Шорти я никогда не забуду.

Он высадил меня возле дома, но не успела я выйти из машины, как он схватил меня за руку. Я очень не хотела, чтобы меня видели здесь с мужчиной. Я наклонилась выслушать его.

— Перли, поедем со мной ненадолго!

— Нет, что ты, нет.

— Твой муж, похоже, спит. Ненадолго, поговорить. Не на всю ночь.

Мне и в голову не приходило остаться с мужчиной на ночь.

— Поезжай, — сказала я, качая головой. — Не будешь же ты здесь сидеть.

Он откинулся на спинку сиденья и посмотрел на меня. Он продолжал тянуть ко мне руку, а я отступала назад.

— Спокойной ночи, Шорти, — сказала я, жестом отпуская водителя, и отвернулась. Я поклялась себе, что не посмотрю назад, поклялась, что не буду испытывать такой хороший вечер, но меня взял азарт, и я обернулась, мельком увидев в заднем окне удаляющейся машины блеснувшие очки. И он уехал.

Уличные фонари бросали в туман продолговатые пятна света. Свет горел только в одном доме с нестриженым газоном. За последние пару часов ночь стала теплее, словно передумала наступать, но было уже поздно.

Странно заходить в дом и никого не слышать. И хотя я знала, что Холланд спит в кровати, казалось, что я совершенно одна. Даже радио не шелестело, даже из открытого окна не доносилось никакого шума. Я прошла через холл в гостиную, расстегивая верхнюю пуговицу кардигана и озираясь в недвижной темноте, ища взглядом одинокие предметы: шерстяную кошку, сломанные каминные часы. Я и мой сын — вот так мы и будем жить.

В комнате спиной ко мне стоял мужчина.

Из-за выпитого мое сердце радостно подскочило. Я позвала его по имени, он обернулся.

— Перли.

— Ты вернулся! Хочешь чего-нибудь выпить? Зачем ты сидишь в темноте?

Он мне не ответил, напряженно на меня глядя.

— Я вернулся раньше. Все доделал. И Холланд позвонил.

— Понятно.

Базз наклонил голову.

— Он сказал, что хочет что-то мне сказать, а когда я сюда приехал...

— Мы ездили на танцы, он сказал, что ему плохо... — Я вспомнила мечтательный взгляд Холланда, погрузившегося в воспоминания. — Что ж, хорошо. Ты же этого и хотел.

— Перли.

Я рассмеялась. Меня до сих пор будоражило спиртное и ощущение губ Шорти на своих губах.

— Кажется, я уже не против. — Я смотрела на Базза в свете, идущем из окна, бледного как смерть и красивого как никогда. — Ни разу не видела тебя в лунном свете. Из тебя выйдет красивое привидение.

— Перли, случилось ужасное...

— Я же говорю, я не против, — повторила я, улыбаясь.

— Произошел несчастный случай. С ружьем.

— В каком смысле? С каким ружьем?

Он повторил. Я сказала, что мне нужно сесть, но осталась стоять.

— С ним все в порядке?

— Перли, я налью тебе выпить.

Я ответила, что не хочу, а хочу знать, о чем он говорит.

В войну по Сансету ездил грузовик с людьми, они возили с собой ведро коричневой краски и лестницу. На каждом фонаре они закрашивали западную половину лампы, чтобы нас не обнаружили японские самолеты. С востока — сияющий город, с запада — очертания, темные, как океан. В ту ночь с Баззом я сделала так же. Затемнила половину сердца, чтобы меня не нашло то, что он сказал. Я спросила ровным голосом:

— Он мертв?

Он подошел ко мне и сказал:

— Никому ничего не говорили, пока не уехали агенты, но как только увидели, как они заходят...

— Агенты?

Базз глотнул бренди, который налил мне, и опустился возле меня на колени.

— Были учения, обычные учения, и, кажется, что-то случилось с его винтовкой...

— Базз... Что ты несешь? Говори, что с Холландом!

Ни один мужчина не смотрел на меня с такой жалостью. Это было ужасно. Каждая черточка на его лице опустилась под тяжестью, и он накрыл мою руку своей. В окно заглянул свет фонарей и ушел обратно, словно не найдя того, что искал.

— Перли, это не Холланд, — очень твердо сказал он с побелевшим и мрачным лицом. Его золотые волосы сияли в свете фонаря. — Это Уильям. В учебном лагере. Уильям Платт. Вчера утром в его руках сработало ружье...

— Уильям Платт? — громко сказала я.

— Да, на учениях, он бежал в гору...

— Я подумала... Ты сказал «он», и я... Уильям Платт... — я еще что-то пробормотала и разрыдалась.

Базз подошел ко мне в дверях, раскинув руки, готовый утешать, но я отвернулась, дрожа и задыхаясь, беспомощно рыдая, оперлась на подоконник. Он мне что-то говорил, но я ничего не слышала. Только чувствовала тепло, когда он обнял меня, и держал, и нежно поцеловал в шею, шепча что-то, чего я не помню. Я представляла себе Уильяма Платта: как он марширует, выставив ружье перед собой, по тому склону в Вирджинии, прямо в густой белый туман, и на его лице разливается тихое умиротворение. Юного Платта, который однажды назвал меня ниггером, и вопреки всему, когда Базз произнес имя этого бедного мальчика, я могла думать только о муже.

Потому что я жена. А бормотала я вот что: «Слава богу».

IV

Америка, ты даришь прекрасную смерть.

В то самое лето казнили Этель Розенберг. Своего мужа она видела последний раз за несколько минут до того, как его увели на электрический стул, в комнате, разделенной экраном, чтобы предатели не могли коснуться друг друга. Их оставили одних, никто не знает, о чем они говорили. Но когда туда вошел тюремщик и разлучил их, уводя Юлиуса прочь, говорят, что он увидел экран, заляпанный кровью. Они пытались дотянуться друг до друга сквозь сетку, и в миг, который мы можем только представлять, сжали пальцы с такой страстью, что потекла кровь.

«Пусть вас утешит, — написала она в тот день сыновьям, — что мы глубоко понимаем и спокойно принимаем тот факт, что цивилизация пока не дошла до той точки развития, где не нужно будет отдавать жизнь во имя жизни». Юлиус умер на электрическом стуле мгновенно, а когда его тело убрали и привели Этель, она оказалась такой маленькой, что электроды неплотно прилегали к голове. Когда я прочла, что ее убило только со второго разряда тока, я села за кухонный стол и заплакала.

Этель, почему ты не покаялась, когда Юлиус умер? Его уже не было, больше ничего было нельзя сделать. Никогда не пойму, почему ты не подозвала надзирательницу и не сказала что-нибудь, чтобы спасти свою жизнь, спасти сыновей. Что-нибудь, что они хотели услышать. Должно быть, ты знала какую-то неведомую мне тайну.

Что такое жена? Если у нее забрали детей, мужа, дом и все имущество, если послали ангела смерти к этому Иову в юбке, вырвали одного сына из ее рук, а другого забрали из школы, и его учебник грохнулся на пол, если агенты выволокли ее мужа из дома, если забрали телефонный столик из коридора, герань, вянущую в цветочном ящике, и бобы, которые надо съесть, пока не испортились, и новую шляпку, которую она еще не придумала, как носить? Если забрали собаку? И ее любимую деревянную ложку? Брата? Кольцо? Что является самым маленьким, неделимым атомом жены? Только ты, Этель, знала ответ, но ты умерла молча.

В городе на юге Кореи прошли мирные переговоры, восстанавливающие старые границы. Никакого договора подписано не было, но война закончилась. Мы не победили в том смысле, в котором некоторым хотелось, не загнали коммунистов обратно в Китай и не открыли стране путь в демократию, и мужчины писали в местные газеты, что им претит наша трусость. Но нам до смерти надоела война, и мы отбросили врага, так что мы ушли. Всего через неделю после того, как я узнала о Уильяме Платте. Вред, причиненный нами, был бесполезен.

Уильям Платт не умер.

Лишь в моем воображении он упал в виргинскую грязь и больше не встал. Он едва не умер от потери крови, но Уильяму всегда везло. Спустя двадцать четыре часа его молодое сердце снова забилось ровно, а глаза открылись и увидели хорошенькую медсестру с букетом цветов от семьи.

Пришли врачи, и он улыбнулся им и показал большой палец оставшейся рукой.

Я внимательно следила за мужем. Я заставала его слушающим радио с блуждающим по сторонам взглядом. И гадала, чего стоила ему каждая жертва. Чего ему в итоге стоили появление Базза, искушение Аннабель, призыв и увечье Уильяма, потому что даже тот, кто читает порезанную газету, видит дыры и понимает, сколько именно было вырезано, чтобы он не огорчился. Должно быть, он знал — как знает ребенок, — что все странные события в его жизни происходили из-за желания им обладать. Этого, конечно, было не видно — он просто сидел и слушал радио, уперев локти в колени. И казался самым красивым мужчиной на милю вокруг. Но я знала, что где-то внутри него сидит паника, висит, как летучая мышь на стропилах, сложив крылья и не издавая ни звука целый день, пока мы все шумим. Но рано или поздно придет ночь. И она выкарабкается наружу так или иначе.

Возвращение Уильяма Платта стало событием для всего квартала: встреча героя. Я смотрела из окна, как казенная машина выехала из-за угла и остановилась возле дома его матери, украшенного цветами государственного флага. Она — маленькая рыжеволосая женщина — выбежала, раскинув руки, но, прежде чем принять ее объятия, Уильям отдал честь водителю левой рукой. Справа висела половина руки, забинтованная, словно в коконе. Потом из-за инфекции он потеряет все вплоть до плеча, и молодая жена с любовью переделает его рубашки, зашив правый рукав, так что он будет висеть, как флаг. А тогда Аннабель подбежала к нему, и ее светлые волосы курчавились от дождя. Я помню, как они обнимались, несмотря на ливень, как он радостно улыбался, она отчаянно гладила его короткие волосы, а он прижимал ее к груди. Скоро мое окно усеяли капли дождя, превратив сцену в газетное фото из точек. Он выжил, он был героем. Я закрыла шторы. Это ничего не значило, я уже приняла на себя вину за убийство.

У моей бабушки была одна знакомая, у которой не было за душой ничего, кроме жемчугов, оставленных ей внучатой теткой. Это было ее единственное приданое: нитка больших ярких прекрасных жемчужин. Для бедной женщины — настоящее сокровище. Однажды начался пожар. Весь дом сгорел дотла, и ее муж сгорел во сне. Женщина вернулась из поездки вдовой, в ужасе увидела, что все сгорело и, роясь в пожарище, нашла свою обугленную шкатулку для драгоценностей. Открыла — и там лежал ее жемчуг, совершенный и прекрасный, как раньше, но теперь абсолютно черный. Он почернел от жара. Подруга заплакала: «Они погибли!» «О да, — сказала женщина, вынимая бусы. — Они погибли». Но она стала носить этот почерневший жемчуг именно так — как знак, как святую реликвию. И носила каждый день до самой смерти.

День, когда Уильям Платт вышел из машины, отдал честь единственной рукой, а его жена рыдала на его груди. Память о том дне. Я ношу ее — как те жемчуга.

Говорят, что, когда Америка выиграла войну, перегоревший навес над кинотеатром Парксайд чудесным образом зажегся и горел целую неделю. Я пошла туда с Баззом среди дня на двойной сеанс. Народу было мало. Это была одна из последних наших встреч. Яркий луч высвечивал экран у нас над головами. Мы сидели молча. Фильм был о войне. В холодном белом квадрате двора стояли пленные, и надзиратель что-то им говорил на языке, которого они не знали.

— Что мы наделали? — прошептал Базз.

— Это не мы. Не наше письмо...

— Откуда ты знаешь?

— Слишком быстро, — сказала я. — Не могло быть так быстро...

— Наверное.

— И глупо думать, что это письмо там восприняли всерьез и бросились переделывать списки призывников. Ты же знаешь военных. Это не мы. Это случай.

Откуда-то сверху спланировал самолетик из коробки от попкорна — на балконе сидели дети, заплатившие за билеты крышечками от 7UP. В нескольких рядах впереди нас глухонемой мужчина в зеленом галстуке-бабочке, как завороженный, печально смотрел на изображения, которые оставались для него немым кино. В зимнем лагере военнопленных не было стен, заборов, колючей проволоки, как громко объяснял надзиратель. Днем его усиленно охраняли, но ночью оставался только квадрат яркого света в черной пустоте с пришпиленными, как бабочки, пленниками, которым не давала сбежать сама ночь, строившая собственные стены, потому что за пределами слепящей белизны тюрьмы они видели лишь непроницаемую тьму. «Там дальше Черный лес, но вы его не увидите!» — прокричал надзиратель. Их ночь слишком черна, их глаза не успеют привыкнуть прежде, чем они замерзнут. «Вы теперь слепые», — крикнул он.

Базз сказал, что это он виноват.

— Это случай, — повторила я.

— Это я тебя уговорил.

— Нет.

— Ты прятала мальчика от войны, — сказал он, наклонившись к самому моему уху. — Я... Я тогда сам взял и не пошел. Чтобы не убивать. Я пожертвовал многим, чтобы не идти на войну. А этот мальчик...

Я поежилась от холода.

— Он не был на войне.

Пауза, шепот:

— Был.

— О чем ты? Это была не война. А несчастный случай.

— Мы использовали его, Перли. Не на их войне, а на своей.

Я повернулась к Баззу и в его глазах увидела то, чего совершенно не ожидала от человека, чей отрубленный палец свидетельствует о его нежелании воевать. В них было больше усталости от сражений, чем у генерала, который рано утром в палатке подсчитывает потери, понесенные в последней атаке. Усталость и скорбь. Вот единственная война, в которой мы с ним были согласны участвовать. Женщина, которая спрятала своего мужчину, и отказчик, который его нашел. Мы не стали бы воевать ни ради убийства, ни ради мира на земле, ни за страну, которая от нас отреклась, но вместе мы нашли то, за что готовы биться. Награда так мала, что не может стоить жертв. Простая: мы сами.

— Я могу уехать, — сказал он с болью в голосе.

— Что это значит?

Он снял пальто, ерзая в кресле и глядя не на меня, а на экран.

— Если ты попросишь. Мы сделали нечто ужасное, кровавое, мы погубили человека. Двух человек. Я могу уехать прямо сегодня.

— А мне что делать?

— Жить как раньше.

— Но я буду знать, что ему нужен кто-то другой — не я.

— Может, нам обоим нужно уехать. Я все продал, все готово, вы с Сыночком можете поехать со мной.

На экране два узника играли в шахматы в уме. Прожекторы заливали плац светом, словно съемочную площадку, а в бараке с потолка свисали лампочки. Одна из них судорожно замигала и погасла. Узники уставились на нее, и охранник тоже, он некоторое время молчал, а потом заорал, что лампочка погасла.

— Ты глупости говоришь, — сказала я. — Ты же приехал не затем, чтобы увезти нас с Сыночком.

— Я готов.

— И будешь всю жизнь жалеть об этом. Ты отъедешь из города на милю и начнешь о нем думать. Ты ведь говорил, что так уже было. Ты хочешь искупить вину передо мной, но ты не сможешь любить его меньше. Я этого не понимаю, но вижу. То, что привело тебя сюда, не даст уехать. Ты можешь даже увезти нас куда-то, но рано или поздно, не знаю когда, ты нас бросишь и снова поедешь его искать. А мы останемся. И жизнь будет не легче, чем теперь.

— И Холланда возьмем.

На этих словах я громко вздохнула и попыталась рассмотреть его лицо в мерцающей темноте.

— Нет, Базз, я так не могу. Забирай то, за чем пришел, и оставь нас с Сыночком в покое. Слишком поздно.

С балкона засвистели: киномеханик поставил не ту катушку, и теперь на экране женщина из другого столетия с длинными светлыми косами и корзинкой на руке стояла на коленях возле озера и бросала траву в юношу. Он взял из ее корзинки клубничину, и она засмеялась самозабвенным юным смехом. Он страстно обнял ее и поцеловал, а дети на балконе пришли в неистовство и принялись швыряться попкорном. Девушка билась в его объятиях, сдаваясь, а затем и она, и ее любовник исчезли. Одобрительные крики сверху. Экран стал белым как снег, и мы с Баззом оказались в плену его сияния.

Тюрьма, сделанная целиком из света. Такого яркого, такого белого, что и помыслить нельзя о том, чтобы убежать в мерзлую тьму, которая тебя окружает. Тебя ничего не держит: вокруг жизни, вокруг брака нет ни стены, ни электрической изгороди. На самом деле ничто не мешает тебе спасти себя и сына. Только свет, но он парализует. Он выбеливает тебя, словно мороз. Идут годы. Вытолкнуть из такой тюрьмы может только ошибка — погаснет прожектор, перегорит лампочка, и ты на миг увидишь мир вокруг. На секунду ты приходишь в чувство, ты все видишь ясно, ты видишь, какой может быть жизнь. Вы смотрите друг другу в глаза, киваете и в припадке безумия перешагиваете границу.

Если Базз уедет, он вернется к тому же голоду, какой пережил несколько лет назад. Но вынеся что-то однажды, мы можем не вынести этого снова. Холостяцкая квартира, плита с одной конфоркой, альбом с фотографиями под кроватью, безобидное одинокое существование — он больше не сможет так жить. Все это привело его к моей двери, чтобы мир немножко свернул с пути, потому что поступить иначе — сесть и принять жизнь, которая тебе досталась, — было невыносимо. Он хотел угодить, хотел жить такой жизнью, но не мог. Он не сделал шага вперед. Так что мир дал ему сдачи — или нет, не дал. Он не сделал вообще ничего. Он продолжил вращаться, прекрасный, как всегда, и молча на него смотрел. «Им было не надо, — ответил он как-то на мой вопрос, били ли пленников. — Мы сами справлялись».

Фильм возобновился. Дрожащий узник пытался разжечь в бараке костер. Базз покосился на меня, и расстояние между нами показалось широким, как проход в церкви. Он не мог попросить о том, чего хотел, — чтобы я обещала остаться с ним, чтобы был хоть кто-то, если не Холланд, то я, ведь если не я, то вернется безумие одиночества. А этого он не вынесет.

— Слишком поздно, — сказала я.

Он посмотрел на меня долгим взглядом и кивнул. Его лицо выражало благодарность и любовь. Затем произошло странное кинематографическое чудо. Офицер на экране стал повторять действия Базза: встал, взял головной убор и вышел из двери, которая, распахнувшись подобно двери кинотеатра, впустила удивительную слепящую боль солнечного дня.

———————

Лишь много позже, узнав его историю до конца, я полностью поняла, что он имел в виду, сказав: «Я могу уехать». Жизнь в одиночестве, к которой он мог бы вернуться. Историю своей боли, которую он мне в конце концов рассказал. Я сказала, что боль многое проясняет и иногда без нее не получается разрушить одиночество. Открыть ненадолго окошко, выглянуть из самого себя в чью-то другую жизнь.

В последние дни эксперимента, рассказал Базз, его сны грабили его же воспоминания, превращая их в кошмары. Его мозг проигрывал знакомые сцены, например путь в Миннесоту, только теперь Базз был каннибалом, рыскавшим по вагонам. Даже воспоминания не уцелели, голод добрался и до них. Это было лучше провалов, которыми страдали другие: они теряли из памяти по полдня. Возвращались к себе, и не могли объяснить, где были, и приходили в ужас от того, что могли натворить. Они не действовали, они обезумели. Один воровал фрукты с прилавков и потом ничего об этом не помнил. Другой ел из мусорных баков, третий часами глазел на посетителей ресторанов. А одного пришлось вовсе исключить из программы. Это был Базз.

Была весна 1945 года, приближался мир, хотя мальчики в Миннесоте об этом не знали. «Мы почти забыли о войне, —

сказал он мне. — Нам говорили, что она почти кончилась и что мы поможем тем, кто выжил, но об этом было очень трудно думать». Шесть месяцев прошли, и этап экспериментального голодания наконец завершился. Волосы выпадали, губы и ногти посинели, кожа была серая и складчатая, как у забитого скота. Но они выжили. Они называли себя «палочниками» и смеялись бы, если б могли. И еще «солдатами-зомби». Разум Базза вновь засиял, хоть и слабо, при мысли о том, что он кончился. Голод. Все эти месяцы он оставался стойким, надежным объектом исследования, во многом идеальным, и никто не догадывался, что он вот-вот сойдет с ума.

Это случилось в день, когда объявили о прибавлении рациона. Не все будут получать еду поровну, сказали доктора. В этом эксперименте, объяснили они, ищут не лучший способ вернуть человека к жизни, хотя им раньше так говорили. А самый дешевый. Европейские города наводнили миллионы голодных беженцев, и деньги на их спасение нужно расходовать максимально экономно. Ведь так много ртов! Нужно определить, сколько еды будет достаточно, а сколько — слишком мало. И кому-то стали давать большие порции, кому-то — поменьше, кому-то — еще меньше, а некоторым — почти столько же, сколько они ели до того. Когда Базз узнал, что он в последней группе, это было как пуля в мозг. Очевидно, что, когда кормишь голодающего, нельзя ждать от него благодарности. Это выяснилось в ходе эксперимента, а потом в концентрационных лагерях. Умирающий человек будет рычать над своей тарелкой. В этом смысле мы не поддаемся дрессировке.

Несколько раз в день, во время кормежки, он кричал, задирал тех, у кого в тарелках лежало в два или три раза больше, чем у него, иногда вообще отказывался от еды, швыряя ее на пол в ярости, которую потом не мог объяснить. Но он был хорошим объектом исследования, он брал себя в руки. Он говорил себе, что скоро все кончится, что это не настоящая жизнь. Это просто война, и эта жизнь рано или поздно останется в прошлом. Все силы уходили на то, чтобы сидеть за столом и есть то, что ему давали, хотя бы чтобы не умереть.

«Я не помню, что в итоге со мной произошло», — сказал он мне. Около двух недель он покорно принимал эту систему кормления и, к удивлению врачей, начал терять вес, а не набирать, хотя даже этот скудный рацион включал в себя на четыреста калорий больше, чем он получал ранее. Его снова начали раздражать доктора и другие пациенты. Он ни с кем не говорил, не читал книг, даже не слушал радио с прежними друзьями. Он наливал в тарелку воду и мешал ее, как молочный коктейль, поглядывая на других, словно подначивал их сделать что-нибудь. В конце концов он съедал воду ложкой. Никаких своих поступков хуже этого он не помнил. «Мне рассказали, что однажды после обеда я пропал, не явился на медосмотр, не оставил никакой записки, что ушел в город или куда-то. Видимо, у меня случился провал в памяти, как у других. Я не помню. Я не могу объяснить».

Он не помнил, как его нашли в гараже. И что на полу рядом с ним, посреди каких-то металлических обломков, лежал сияющий топор, а сам Базз прятался за верстаком, чем-то занятый. Только подойдя ближе, заметили, что из его левой руки струей льется кровь, и с ужасом увидели, что он любовно, нежно поедает крошечные кусочки собственного мяса.

———

Это история о войне. Она должна была быть о другом. Она начиналась как история любви, история супружества, но война налипла на нее со всех сторон, как осколки битого стекла. Это не обычная история о мужчинах на войне — она о тех, кто на войну не пошел. О трусах и уклонистах, о тех, кто позволил ошибке в документах воспрепятствовать исполнению долга, кто это увидел и не сказал, кто встал и отказался воевать, даже о тех, кто был слишком мал и не знал, что, когда придет его время воевать, он, как мой сын, сбежит из родной страны. История об этих мужчинах и о женщине в окне, которая могла только смотреть.

Все это я видела. Вот Холланд Кук — силуэтом в темном убежище и годы спустя на сером пляже, смотрит в море, которое его поглотило. Вот Уильям Платт в военной форме возвращается из Вирджинии, к нему бежит жена, а он отдает честь единственной рукой. Вот Базз Драмер, потирающий обрубок мизинца, и он же, убитый горем, в белом свете кинопроектора, приветствует возвращение своего безумия. Голос Сыночка по телефону, годы спустя, в день, когда ему пришла повестка. Увидев ее, я решила: «Этого я спасу». Отсрочу приговор одному мальчику, вытащу из-под колеса. Конечно же, мир без него обойдется. Конечно же, других достаточно.

Безумие — не делать как велено. Не выходить из укрытия, не отказываться от отсрочки, не делать шаг вперед из шеренги перепуганных юношей. Но поразительно, насколько люди разные. Не все они из одного теста, ведь, когда они попадают в горнило, кто-то из них дает трещину, а кто-то меняется так, как не может предсказать даже его создатель.

Трусы, уклонисты — где их солдатский доллар? Такой, как тот, что случайно дал мне Базз в нашу первую встречу у моря? Покрытый подписями девятнадцатилетних солдат, идущих на войну. Они сидели в барах, подписывали десятки купюр, расплачивались ими за выпивку и надеялись, что память о них будет жива, когда они отправятся на фронт, и будут воевать, и умрут за свою страну.

У мальчиков, не бывших на войне, ничего такого нет — они не солдаты, они не погибали. Их выжгли из истории, потому что ничто не жжет так, как позор. Никто не расплачивается их купюрами. Но я вписала их имена в мою историю. Я вписала все наши имена.

Как еще нас смогут вспомнить?

———————

Пару дней спустя несколько трамваев увезли меня далеко от Сансета. Я была уже не Перли Кук, я была неизвестной в суконном пальто и с бантом, загадкой трамвайной линии, чернокожей девушкой, сжимающей сумочку, привыкшей быть среди чужих и ничего от них не ждущей. Вдруг трамвай остался без электричества, и вагоновожатому пришлось выйти и вновь подцепляться к проводам с помощью длинного шеста. Пока мы сидели в темноте, мужчина напротив окинул меня тремя взглядами: ноги, руки, глаза. Я могла быть кем угодно и ехать куда угодно. Ночная смена на фабрике, свидание в клубе, любовник на дальней окраине города. Трамвай ожил, засветился, а мужчина бросил на меня последний одобрительный взгляд, а потом вышел на остановке. На Перли Кук никто никогда не заглядывался, но тем вечером я была не я.

В бытность резервисткой я всегда хотела доехать на трамвае до конечной остановки, а теперь я жила в самом конце — что уж конечней океанского берега, — и поехала в обратную сторону, в центр, и, погруженная в сонное молчание, добралась до границы Чайнатауна и Норт-бич, туда, куда со времен Золотой лихорадки приходили моряки. Раньше это место называлось Барбари-кост. При мне уже нет, теперь это Интернешнл Сеттлмент — так было сказано, точнее, написано огромными металлическими буквами на арке над Бродвеем.

Священники давным-давно погасили красные фонари, так что район был и вполовину не столь злачным, как сто лет назад. Кофейни и бары были полны длинноволосых поэтов, бородатых радикалов. Одна особенно элегантная женщина, в приталенном пальто с рукавами фонариком и под вуалью с маргаритками, выглядела так, словно ее только что доставили из Парижа. Ее выдавали походка (чудовищно вульгарная) и глаза, высматривающие клиента. Она даже поймала мой взгляд и любезно оскалилась. Я не обиделась — в кафетериях на меня и хуже смотрели. Она прошла под вывеской дансинга («Мадам Дюпон: танцы пятьдесят центов») и растворилась в радиоактивном неоновом свете.

А вот и он, на углу Бродвея и Кирни: бар «Черная кошка», открытый еще в тридцатые. Окон нет, вывески, считай, тоже нет, но он был полон, как мне показалось, когда дверь распахнулась, открыв свисающую голую лампочку, черные или почти черные стены, увешанные постерами, и мужчину, стоящего возле двери с корзинкой значков. Я простояла там час: он с улыбкой выдавал их трансвеститам, и «леди», смеясь, прикалывали их к подбитым бюстам или шляпкам и проходили внутрь. Потом я подошла и прочитала один значок: на нем было написано «Я МУЖЧИНА». Полиция выворачивала этот бар наизнанку не реже раза в неделю. Предлогом было то, что в нем якобы нарушается закон, запрещающий выдавать себя за лицо противоположного пола. Значки носили, чтобы не угодить под арест. Позже я слышала, что мужчины в этом клубе — не только трансвеститы, все мужчины — держались на расстоянии нескольких футов друг от друга, потому что на этот счет тоже был закон.

Внутрь я не пошла. Просто стояла и наблюдала за мужчинами. Вот вышли двое относительно молодых, они смеялись, курили сигареты, подняв воротники от ночного холода. Одеты были в белые рубашки с черными галстуками, как клерки. Любовники, наверное. Меня поражало и ужасало, что люди так свободно, так легко заявляют о своих желаниях, словно им нечего терять, словно это так же просто, как приколоть значок. Мужчины затушили сигареты о подошвы, будто в танце, а затем «частично демонтировали»: разорвали надвое и высыпали табак. Солдатская привычка. Чтобы враг не выследил.

Появился мужчина постарше в ковбойской шляпе и положил руку на плечо того, что был ростом пониже. Они немного поговорили и пошли внутрь, а те двое, за которыми я наблюдала, обменялись улыбками, и все — остался только один, дерзко озирающийся по сторонам. Значит, не любовники. Ничего-то я не могу понять правильно.

Но кое-что я почувствовала. За таинственными движениями этих мужчин, за миром, который они создали под поверхностью обыденной жизни, за тусклыми фонарями и облезлыми гостиницами, неприятными спутниками секса, что за столетие не поменялись, — было чувство, которое я тогда не могла назвать, чувство, будто что-то пробуждается. Это происходило повсюду — в книжном магазине напротив, в кафе, в барах. Словно какая-то часть тела ожила, медленно зашевелилась и стала будить остальное. Надвигалась какая-то перемена, и я была к ней причастна. Так, как мы жили, будет нельзя жить, не получится. Пройдет десять лет, и все здесь станет неузнаваемым. Даже я. Не буду притворяться, что я тогда все ясно увидела. Что, глядя на мужчин возле «Черной кошки», я не боролась с отвращением, гневом или самым непростительным из самообманов: жалостью. Конечно, я пожалела того молодого блондина. Он стоял и ждал чего-то ничуть не более возвышенного, чем то, что предлагала скалившаяся женщина в красивой одежде. Хотя я была готова дать Баззу то, чего хотел он и, предположительно, мой муж, хотя я все больше видела в этом настоящую любовь, я все равно жалела того мужчину на улице, глазевшего на идущего мимо моряка.

Издалека эта сцена выглядит комичной. Когда моряк ушел, молодой человек поймал мой взгляд. Секунду мы разглядывали друг друга, и он улыбнулся чернокожей девушке в старой шляпке. Когда наши взгляды пересеклись над темной улицей, я все поняла. Он пожалел меня не меньше, чем я пожалела его.

Я ехала домой на трамвае, увиденное меня как-то странно согревало, мне хотелось скорее прожить следующую неделю — последнюю неделю прежней жизни. Я была словно вор, скрывающийся от полиции: он пьет холодный кофе, каждый день читает в газетах, что копы в тупике, и ему осталась всего неделя, одна неделя — и он в безопасности, он сможет вернуться туда, где спрятал бриллианты.

Я назначил свидание с жизнью...

— «Маркет и Дюбойс»! — прокричал кондуктор. — Следующая остановка «Тоннель Сансет»!

———

Свадьба младшей тетушки состоялась в церкви для чернокожих в Санта-Розе. У дверей стояли кадки с кактусами в цвету, невеста была вся в голубом. Сыночек нес кольцо и, конечно же, с хихиканьем уронил его в самый ответственный момент. Элис тоже захихикала. Нечасто видишь настолько довольную женщину, но жених мог дать ей фору: элегантный, дородный и красивый, он все улыбался и глядел на один из витражей — вознесение Господа нашего Иисуса Христа — так, как мог бы смотреть на того, кто проиграл дружеское пари. Старшая сестра стояла рядом, держала букетик желтых роз, внимательно слушала проповедника и кивала в такт его речи. Он говорил о том, что есть Божье время и наше время. Я видела, что Холланд прослезился, когда его старая тетя целовала жениха. Публика ограничивалась несколькими старушками с веерами, они громко восклицали: «Аминь!» Когда все закончилось и все стали поздравлять новобрачных, мы с Сыночком пошли искать уборную. Когда я запустила его обратно в зал, оставшись одна в коридоре, то заметила женщину средних лет — она пряталась за дверью, заглядывая внутрь. На ней была маленькая желтая шляпка, к платью приколот цветок, а лицо выражало мрачную решимость.

— Которая невеста? — спросила она слабым, пронзительным голосом. Должно быть, она пришла в самом конце церемонии.

Я представилась, она поздоровалась, а потом торжественно объявила:

— Я его дочь. Из первой семьи.

— Я не знала, что у него были дети.

— О, были, — ответила она. — Были.

Я сказала, дескать, как жаль, что она до сих пор не знакома с моей тетей, но она покачала головой.

— Нет, ему не хватило наглости показать ее нам. Он якшался с ней, когда я была еще совсем маленькой. Хотя был женат на моей маме, да. Теперь она умерла — и они тут как тут. Я не на свадьбу пришла. Я не мазохистка. Просто хотелось ее хорошенько разглядеть.

Она осторожно заглянула в зал, изучая лица. Тетя — любовница. А рядом, передает священнику двадцатку, — женатый мужчина, разрыв с которым оставил на юной Элис свой след. Он, должно быть, собирался бросить все и уйти к ней еще тогда, давно, но в конце концов одумался и вернулся в семью. Может быть, старшая сестра приложила к этому руку. Только теперь, когда все кончилось, и все состарились, и обиды забылись, он вернулся. И Элис приняла его. Я и не догадывалась, я не утруждалась тем, чтобы взглянуть на жизнь этой женщины, увидеть в ней скрытые резервы бунтарства.

— У вас есть братья или сестры?

— О да, только нас не пригласили. Он знает, что мы думаем. Скажите мне, которая она. Хочу посмотреть на ее лицо.

Я показала на Элис — она в уголке беседовала с проповедником. Женщина твердо покачала головой.

— Это не та.

Я сказала, что, конечно же, та.

— Я слышала, какая она была красавица, — улыбнулась женщина. — Это так на него похоже: попасться на крючок к красавице. Только мама еще как-то держала его в узде. Он ни одной хорошенькой мордашки не мог пропустить. Где она?

Я стояла, дивясь ее словам. Я видела фотографии тетушек. Они были солидные, умные женщины, они чудесно одевались. Но красавицами никогда не были.

— Говорю вам, вон она.

Она пристально наблюдала за сценой: ее отец пересек комнату, взял молодую за руку и поцеловал в губы. Проповедник тихо захлопал в ладоши.

— Не может быть, — сказала она, оторвала цветок от платья, бросила на пол и ушла, не сказав больше ни слова.

Я стояла в дверях и смотрела, как она садится в машину и сердито трогается. Появились Элис и ее жених. И Сыночек, назначенный ответственным и едва справлявшийся с волнением, принялся неистово швырять рис в воздух. Он не коснулся новобрачных — их ничто не могло коснуться, — пока они осторожно, взявшись за руки, спускались по лестнице и шли туда, где должен был состояться запланированный небольшой прием. Ко мне приближалась старшая тетушка, я должна была помочь ей с угощением. Я глубоко вздохнула, радуясь, что никто не видел сцену с дочерью. Наверное, непростительно, что этот старик в своей бурной молодости чуть не бросил все ради дурнушки. Обычной девушки, застенчивой и неуверенной в своих чарах. Ее семья избежала несчастья, но оно опять вернулось. Увидев старую женщину в голубом платье, дочь, должно быть, поняла, что тогда, десятки лет назад, в ее отце пылала не одна только страсть. Не один только соблазн красоты. С этим она бы смирилась, мол, все мужчины таковы, памяти матери ничто не угрожает. Но здесь было что-то абсурдное, возмутительное, не поддающееся пониманию. По крайней мере, для человека, чуждого любви.

— Сыночек, риса больше не надо. Перли, ты идешь? Будь добра, вынеси яичный салат, у меня руки заняты...

— Конечно, Беатрис, сию минуту.

Назавтра я постаралась искупить последний грех.

Дом был маленький, старого проекта, без излишеств вроде башенки или «утопленной» гостиной, и снаружи выглядел несколько обшарпанным рядом с более эффектными соседями. Никто не смывал въевшуюся в штукатурку морскую грязь, никто не подновлял краску на бордюрах. Но в открытое венецианское окно было видно, что внутри все иначе. Стены свежеокрашены недорогой известковой краской: видна была пастельно-голубая гостиная. Найденная на свалке прялка, обмотанная шелковыми нитками, уютно устроилась в углу, словно старая дева. Дешево и оригинально обставленный дом молодоженов.

Дома, похоже, никого не было. Я подошла со своим конвертом к двери, стараясь, чтобы меня никто не увидел. Под старомодным поворотным дверным звонком зиял открытый рот щели для писем. Туда он и отправился, дело сделано.

Я спряталась за можжевельником. Видимо, тихий звук падающего на пол конверта привлек ее к окну.

Я стояла всего лишь в футе от Аннабель. Одна рука лежит на бедре, в ней метелка из перьев, волосы убраны под косынку. Она огляделась, но я хорошо спряталась и пользовалась возможностью наблюдать за ней из укрытия. Со второго взгляда я поняла все. Потому что Аннабель Платт была беременна. Коричневый передник не скрывал ничего, а спустя миг она встала в классическую материнскую позу: величественная рука на животе, подбородок слегка утопает в жирной складке шеи.

Она увидела конверт, на секунду исчезла и вернулась, держа его в руках. Она снова огляделась, но я стояла в тени. И когда Аннабель Платт открыла его длинными белыми пальцами, ее лицо застыло в изумлении. Купюра за купюрой она насчитала пять тысяч долларов.

Нашим деяниям нет окончательного прощения. Ужасно то, что это длится вечно. То, что случилось с Уильямом Платтом и с молодым Холландом Куком, — права я или нет, но я считала, что я тому виной. Этель убили, потому что она не «остановила» мужа, но мое преступление было куда тяжелее. Я охотно вмешивалась и меняла и ход войны, и супружество, и течение нескольких жизней. Так я это вижу. Возможно, это инфантильно, но мы не выбираем своих демонов.

Рука Аннабель вновь легла на живот. Тихая улыбка. И, глядя, как она кладет деньги обратно в конверт, а конверт — на столик, затянутый кружевом, я почувствовала, что все кончилось. Я искупила или приступила к искуплению устроенной мною катастрофы. Возможно, представив перемены, которые теперь наступят в ее жизни, — возвращение к учебе, прислуга для Уильяма, для ребенка, — она коснулась прялки, раскрутила колесо, и мы обе, вместе, смотрели, как оно вращается на своей неустойчивой оси.

———————

Тот день был красив громкой, нездешней красотой. Белые и розовые итальянские церкви и бетонные храмы возле океана, душистые эвкалипты, колючие агавы и юкки — все было подсвечено с запада ярким чистым солнцем. Небо над моим домом было прекрасного жирного синего цвета, исполосованное самолетами, а солнце светило сразу отовсюду и все заставляло шевелиться — люди высыпали на улицу, словно в праздник, и галдели, как птичья стая.

Подойдя к открытой двери, я увидела Холланда — он стоял в прихожей, смотрел в окно, сунув руки в карманы, и на лице его был покой. Веселый, расслабленный, глядящий поверх крыш домов, плечи опущены и опираются о стену, рукава сморщились складками там, где руки лежали в карманах, часы бликуют на солнце, как гелиограф, разум открыт всему. Отперт, как окно, в которое он смотрит, и в него задувают мысли. Я словно смотрела на развернутую карту, прижатую к столу, чтобы ровно лежала, — карту мест, где я была с ним, — и если бы простояла там подольше, то увидела бы наконец, как они связаны друг с другом.

Чего вы хотите от жизни? Вы сами знаете? Я вот не знала, даже после того, как пришел Базз Драмер и спросил меня. Но где-то внутри мы должны знать, и, думаю, именно это я увидела в тот день на лице Холланда, стоявшего в прихожей. Его будто вывернули наизнанку, и все тайные желания, порывы юности, проступили на коже, как яркая подкладка перчатки. И в тот миг он знал, чего хочет.

В следующую секунду Холланд заметил меня, улыбнулся и хотел было заговорить, но из другой комнаты раздался голосок: «Лайл вернулся!»

Мой сын и мой пес напрыгнули на меня, один отчаянно счастливее другого. Лайл истоптал мне все платье, и я наклонилась, обнимая его, он лизал мне лицо и весь трясся от любви.

— Это чудо! — сказал Холланд, улыбаясь. — Мы были снаружи, и Сыночек начал кричать. Мы увидели, что он бежит по улице.

— Поверить не могу! — сказала я.

— Бедняга Лайл, бежал со всех лап.

— Лайл все описал! — сказал Сыночек, и затем пес умчался, полный энергии, которой я в нем не помнила. Сыночек, кажется, считал, что это он гонится за своим молчаливым другом, но Лайл, в свою очередь, собирался гоняться за Сыночком. Они выбежали из кухни, замерли в напряженных атакующих позах, а затем, когда Сыночек выкрикнул его имя, оба зверя бросились друг на друга, повалились на ковер между мной и мужем и катались, открыв рты и вывалив языки, пока не замерли, тяжело дыша. Кто-то когда-то написал про двух старых друзей, спрашивая, как долго они могут смотреть друг другу в глаза. Вечно?

— Когда? — спросила я.

— Часа два назад, — ответил муж, глядя на них. — А ты где была?

— Кое-что относила. Где же он был? — спросила я и затем рассмеялась над собой: будто кто-то может это знать.

Муж улыбнулся.

— Наверное, ему надоели приключения. Похоже, у него была парочка.

Что я видела на его лице — только возвращение Лайла? Потерянная собака, бегущая по улице, — этого кому угодно хватило бы. Шерсть, летящая во все стороны на солнце, вываленный из пасти язык, глаза сияют от узнавания любимых людей, от знакомых запахов, искрящихся в мозгу, и от собственного великого везения. Возможно, этого хватило, чтобы лицо мужа сделалось таким открытым, каким я увидела его в прихожей. Или это не все? Наверное, пока я была в Норт-бич, приходил Базз и повел своего прежнего любовника гулять к океану. Возможно, он наконец сказал: «Вернись ко мне», как сказала я много лет назад на трамвайных путях. Он произнес правильные слова. Те, что призывают наши сердца к действию, всегда одни и те же: «Позволь мне о тебе заботиться».

Потом Базз рассказал мне, что они уже почти назначили дату, что он должен был уехать однажды рано утром, а Холланд поехал бы с ним: «Перли, привыкай к мысли, что скоро ты останешься одна». Только когда он это сказал, я действительно представила, что он задумал: просто Холланд сядет в машину. Все муки, все хитроумные планы сводились к хлопку дверцей. Но еще я поняла, причем впервые, что Базза я тоже потеряю. Все это казалось несбыточной фантазией, а теперь я слышала, как Базз говорит: «Я сказал ему, чего я хочу и как я не мог забыть его все эти годы». Такие проявления страсти всегда трогали моего мужа, они привели его из жизни Базза в мою, а теперь возвращали его в прежнюю среду обитания. Проявления чужой страсти. «В этом смысле он как зеркало», — сказал Базз. Это самое правдивое, что он когда-либо говорил о Холланде Куке.

В день своего возвращения Лайл лежал на полу и осторожно жевал руку моего сына. Он был тощий, свалявшийся и весь в репьях. Все золотистое стало тусклым, грязным.

Я подумала, что ни одному из моих мужчин не пришло в голову вымыть собаку, он выглядел как вольное животное, ничейное. Однако он пришел домой. Может быть, как и большинство из нас, он все же был слишком домашним.

— Ты нас любишь, что ли? — поддразнил пса Холланд, почесывая ему живот, и Лайл блаженно закрыл глаза. — Мы тебя прощаем, сумасшедшая ты собака.

Если бы Лайл мог завыть во всю глотку, он бы так и сделал, уверена.

———————

В последний раз мы с Баззом виделись наедине в заброшенном парке. Молодые тополя просеивали свет, а крапива теснилась в тени, откуда, словно вспугнутые птицы из кустов, выпорхнула парочка и устремилась к припаркованной машине. Мы дошли до прогалины, заросшей почти целиком, за исключением двух каменных постаментов, отмечающих место последней в Калифорнии дуэли. Вряд ли сюда приходил хоть кто-нибудь. Я сама нашла его на карте и предложила здесь встретиться — у нас почти кончились места для встреч. Правда, теперь они нам не будут нужны.

— Ты должен сказать мне.

Он помолчал, серьезно на меня глядя.

— Завтра.

— Вы уезжаете завтра? Это слишком скоро, ты не говорил...

— Завтра, Перли. Мы с тобой это обсуждали, и так будет лучше. Я не хочу тянуть, с ним все очень тонко. Как говорят китайцы, счастлив тот, кто быстр.

Интересно, правда ли китайцы так говорят, подумала я. Я пристально изучала его лицо.

— Ты ему сказал?

Он провел рукой по листьям.

— У нас на днях был большой разговор.

— Ты сказал ему все.

Он кивнул.

— Ты сказал ему про меня.

— Да.

— Что ты сказал?

Он оторвал лист и расправил на ладони.

— Что я позабочусь о тебе и сыне.

— Он знает, что я его не брошу?

— Никто никого не бросает, — сказал он, поднимая взгляд. — Он знает. Что ты понимаешь и что ты этого хочешь для Сыночка.

На деревьях надрывались птицы.

— Я бы сказала не так.

— Тогда прошу прощения. Я старался как мог. Очень волновался.

Я обернулась к нему и спросила наконец:

— Разве он не любит тебя?

Базз вертел лист в руках и с улыбкой гладил маленький гребень прожилок.

— Любит. Теперь я точно знаю.

Я вспомнила, что видела на днях в прихожей нашего дома: мужчину с открытым разумом. Лицо, на котором наконец можно было что-то прочесть. Перемирие, заключенное с самим собой.

— Да, — сказала я уверенно. — Почему-то мне нужно было это знать.

С минуту он шагал молча и отрывал от листа клочок за клочком.

— Спасибо.

— За что?

— Ты была ко мне добра.

Я оперлась на каменный постамент с именем дуэлянта.

— Мы ведь друзья, — сказала я. — Несмотря ни на что.

— Кто бы мог подумать. Но я рад услышать это от тебя. Несмотря ни на что.

Где-то за деревьями проехал грузовик, и мальчишеский голос закричал что-то на иностранном языке. Я спросила, упомянул ли он Аннабель, и он покачал головой.

— Значит, он знает не все.

— А это нужно? — спросил он, и я не ответила. Мы сделали достаточно.

— Значит, завтра.

Он на ходу бросил лист в траву.

— Верно. Я подумал — может, сегодня Холланд уложит Сыночка.

— Но его всегда укладываю я, это будет...

Он остановился и посмотрел на меня.

— Так он сможет... Так Холланд сможет, ну... попрощаться.

Меня пронзил мгновенный ужас — я представила, как Базз и Холланд уводят сонного Сыночка, трущего глаза кулаками, из кровати, а на улице ждет машина... Но эту картину быстро сменила другая — мой муж стоит в темной спальне сына, потом кивает и отворачивается. Он был любящим и внимательным отцом. Базз обещал, что он будет присутствовать в жизни сына, писать, приезжать, а потом и брать его с собой — от этих отцовских обязанностей Холланд никогда в жизни бы не отказался.

— А что потом?

Базз продолжал шагать, рассказывая мне о предстоящем вечере.

— Может быть, вы с Холландом послушаете радио, как обычно.

А так смогу попрощаться я.

— А потом, в десять, он скажет, что пора ложиться, — продолжил Базз.

— После Граучо.

— После него, — сказал он, отводя нависающую ветку. — Он скажет, что пора спать, и ты поцелуешь его на ночь или что вы там обычно делаете. И, возможно, примешь снотворное.

Я спросила, зачем мне это.

— Может, тебе так будет проще.

— Так будет проще тебе. Если я все просплю.

— У меня есть, если тебе надо, — сказал он и полез в карман. Он так подробно все спланировал, что даже принес для меня лекарство.

— Нет, у меня есть.

Он удивился — тому, что даже сейчас, в последний момент, я полна сюрпризов, — и прошел дальше.

— Потом вы с Лайлом пойдете спать, и все, — сказал он, поглаживая шрам на руке и щурясь, потому что солнце на секунду блеснуло сквозь листву. — Я оставлю тебе на столе немного денег. А позже — еще.

Я смотрела, как он идет по траве.

— Ты приедешь к нам? Ночью? — Почему-то это не пришло мне в голову. — Когда? Я хочу знать.

Он сказал, что приедет около одиннадцати часов, войдет с черного хода.

— Мы погрузим в машину его сумки и еще кое-какие вещи. Надеюсь. Ты не против? Мы возьмем радио и некоторые его любимые книги.

Внезапно все это стало казаться ужасно странным, самым странным, что могло со мной произойти.

— Получается, я проснусь, а вещей нет, и мы с сыном одни.

Он увидел мое лицо.

— Перли... мы же все это обсуждали...

— Я просто не представляла...

Его лицо исказилось от сочувствия и растерянности.

— Разве ты не этого хотела?

Я рассмеялась. Ведь он ни разу не спросил никого из нас, чего мы хотим. Ни меня, ни моего мужа. По-настоящему — нет. Он мог бы сказать, что пытался, что показывал нам перспективы и возможности, а мы взирали на них молча. Тогда он говорил, чего хочет он, и спрашивал, устраивает ли это нас. Я его не виню. Невозможно сидеть и дожидаться, пока другие сообразят, чего им надо. Ты будешь ждать вечно. Полжизни уходит на то, чтобы понять, чего ты хочешь.

— Я не понимаю... — сказал он.

Если уж на то пошло, хотела я совсем не того, что он мне показывал. Я хотела большего, чем свобода одиночества, чем пятьсот акров, а вокруг забор. Я хотела бы родиться в другое время, в другой части мира, чтобы однажды я смогла познать чувство, которое Базз принимал как должное: когда ты называешь желаемое и чувствуешь себя вправе им обладать.

— Базз Драмер, — сказала я. — Что с тобой будет?

Я помню, как он улыбнулся, когда я приблизилась. Вряд ли я забуду это лицо, хотя видела его очень давно. И все еще вижу, словно рисунок, скопированный с церковного рельефа: церковь сгорела много лет назад, а верующие все любуются им. Он тихо смотрел, как я иду к нему по траве.

Я накрыла его искалеченную руку своей, одетой в перчатку с птичкой.

Базз посмотрел мне в глаза и затем поцеловал меня. Это казалось так естественно — поцеловать мальчика, уходящего на войну. Вспышка горя и желания. Не думала, что в наш последний день пойму, что буду по нему скучать. Я была занята — готовилась к новой жизни, новому миру своего сына. Но я буду скучать по звуку его голоса, сломанному носу, шляпе, забытой на волноломе. С годами все меньше и меньше, пока от него не останутся только эти разрозненные части. Поблекшая фреска в моей памяти. Потерять друга навсегда — о такой потере мы не говорим. Мы зовем это жизнью, мы зовем это проходящим временем. Но это разбивает нам сердце так же, как и другие потери.

— Что будет с тобой, Перли Кук?

— Дай нам время.

Базз посмотрел на часы и произнес: «Десять часов». Быстро помахал рукой и пошел прочь от меня по тропинке. Я следила, как его шляпа движется меж ветвей, пока она не растворилась в зелени. Подождала минут десять и двинулась домой. Завтра. Десять часов — и я приму таблетку. Одиннадцать — и придет он, а я буду спать. К полуночи они уже уедут.

———————

Уверена, для Сыночка этот день ничем не отличался от других. Я разбудила его, шепча: «С добрым утром, сладкий мальчик», и Лайл примчался и надоедал ему, пока он с ворчанием не встал. Он выпил молоко и съел тост, вырезанный мерной чашкой в форме полумесяца. Мы сходили в парк, где милосердно не оказалось других детей. Дома он был уложен спать в компании своих странных кукол на руку. Сыночек проспал двадцать минут — я посмотрела на часы, — и кто знает, что ему приснилось, но он проснулся в плаксивом настроении, так что мне пришлось битый час заманивать его на диван с книжкой. Я в сороковой раз читала вслух про кролика, который вошел внутрь холма, Сыночек постепенно подпадал под гипноз, а мои мысли начинали блуждать. Два часа. Холланд придет домой через два часа, потом ужин, потом укладываем ребенка, а потом радио. Вдруг мы увидели, как в панорамное окно со стуком врезалась птица.

Вы ни за что не угадаете, что взрослый Сыночек помнит из детства. Не шумных суетливых тетушек, не лучшего друга Лайла, который прожил еще два года. Не Базза Драмера. «Я помню, у тебя были чулки с золотыми ромбиками и буквой П, — говорит он, когда приходит в гости. — И как ты уронила кольцо за буфет. И помню, как в стекло влетела птица и как я испугался».

Кто может постичь жизнь мальчика?

С улицы раздался шум, и Лайл взвился в воздух, завертевшись волчком! Пришел папа Сыночка. Шляпу долой, ласковую улыбку на лицо, а пес и мальчик бегут его встречать. Сыночек рассказал ему про птичку в окне, отец терпеливо слушал, взяв у меня коктейль, которому научил меня Базз, «сайдкар», и рассказ Сыночка прервался, когда он увидел, что в брендиплазме плавает кубик сахара. Макароны на ужин, за едой безудержная болтовня с папой, Лайл под столом ждет, не уронят ли для него чего-нибудь. Затем купание, серьезнее обычного, с вопросом: «Мамочка, меня не засосет в слив?» Он попробовал начать с белой резиновой уточки, она не пролезла. Затем дрожание на холоде в ожидании полотенца, затем пробежка голышом по дому, и наконец отец его ловит.

— Может, уложишь его сегодня?

Костяшки пальцев натирают ему макушку.

— Ну... конечно, если надо.

Папа подоткнул ему теплое одеяло — в этой духовке он будет выпекаться до утра — и прочитал ему про кролика и про уточку, а потом, когда Сыночек боролся со сном, ведь такое чудо — папа рядом, — Холланд начал что-то говорить тихим серьезным голосом.

— Он заставил меня прочитать две сказки, — сказал он, вернувшись и усаживаясь в большое кресло.

— Он знал, что это может прокатить, — отозвалась я с дивана.

— Что сегодня по расписанию? — спросил он, как всегда.

— Новости, потом Граучо, потом в кровать, наверное.

— Сначала выпить, надеюсь.

— Естественно.

Было восемь вечера. Холланд тронул ручку приемника, и радио ожило: новости с Морганом Битти. Первые несколько секунд было видно, как ткань динамика вибрирует в своей деревянной клетке, словно мистер Битти сидит внутри и дышит на мешковину, и, когда она успокоилась, я подавила желание сказать: «Ты бы починил это». Холланд закурил сигарету и мирно слушал. Мистер Битти рассказывал о сотом самоубийстве на мосту Золотые ворота — миссис Диан Блэк, — которое, как теперь оказалось, было липовым. Я думала, что, попроси я Холланда «починить это», он повернул бы ко мне свое серьезное лицо и сказал бы, что это его последние три часа в этом доме. Который из них надо посвятить починке радио? Вместо этого он сидел в закатном сиянии лампы, курил сигарету, слушал фальшивую записку, оставленную миссис Блэк: «Простите, но я должна уйти», — и разглядывал обмотанный изолентой горшок на полке. Время для всего, что было кончено. Он снял с губы крошку табака.

— Еще? — спросила я, и он улыбнулся.

— И сделай двойной, — старый смешок. — Один для тебя.

Я принесла второй стакан.

— Ну вот, — сказала я, поставив его бурбон и беря сигарету. Было почти девять.

Он машинально поднес мне огонь. Прощай, подумала я, когда сигарета с шипением загорелась. Он взмахнул зажигалкой, закрывая ее, и улыбнулся.

— Я на днях видел миссис Платт, — сказала я. — Мать Уильяма.

Казалось, он слегка вздрогнул.

— Да?

— Аннабель открывает магазин на Мэйден-лейн.

— В центре города, — раздумчиво сказал он, отхлебывая. — Значит, они могут позволить себе такие дикие вещи.

— Должно быть, ей отец помогает. А Уильям ее подменит, когда родится ребенок.

Он засмеялся, и я спросила, что тут смешного.

— Да ничего. Мужчины помогают женщинам вести бизнес.

— Это новый мир.

— Точно.

В девять тридцать по радио начался Граучо. Муж сидел неподвижно, смотрел перед собой, словно портрет героя войны. На секунду радио замолкло, и я услышала, как в его стакане звенит лед. Я посмотрела — его рука дрожала. Поймала его взгляд и увидела ошеломляющую боль.

Должно быть, в тот вечер ему было чудовищно тяжело. Я уверена, что в своем хрупком смещенном сердце — а оно в некотором смысле существовало — он наконец почувствовал всю тяжесть того, что сделал. Ведь в известной мере это сделали не мы, это сделал он. Он был тем, чего от него хотел каждый: был мужем, флиртовал, был прекрасным созданием, был любовником. Он угождал всем нам, милостиво одаривая улыбкой, и тем самым пытал каждого из нас, когда улыбка предназначалась не нам. Красоте прощается все, кроме отсутствия в нашей жизни, и усилие ответить взаимностью на все любови сразу, должно быть, сломало его. Как виделось мне, он выбирал одну любовь — самую громкую, самую чистую, — и, выбрав Базза, чувствовал, что остальные рушатся. И моя, и Аннабель, и всех, кого он встречал на улице. Он не мог вечно держать их все на весу. Думать, что он сможет, было ребячеством, по-детски жестоким. Вот что я увидела в его глазах: взгляд мужчины, вынужденного наконец попрощаться с возможностями юности. Понять, чего хочет сердце. По взгляду, полному боли, я поняла, что он искренне горюет.

Каково живется мужчинам? Даже сейчас я не могу сказать. Они должны держать на плечах мир и не показывать усталости. Непрестанно притворяться: сильным, мудрым, добрым, верным. Но никто на самом деле не силен, не мудр, не добр и не верен. Получается, что каждый притворяется таковым, как может.

Граучо закончился, аплодисменты потонули в белом шуме. Холланд потянулся выключить радио.

— Наверное, пора ложиться, — прошептал он.

— Видимо, так.

— Я жутко устал. Правда, — сказал он и повернулся ко мне: — Перли?

— Что такое?

Он долго смотрел мне в глаза, ничего не говоря, — он не умел говорить такие слова, — но по его лицу я поняла, что он имел в виду. То, что мы никогда не обсуждали, то, что он, возможно, хотел сказать во время воздушной тревоги и упустил шанс, и вот наступил самый последний шанс, другого не будет: «Скажи мне, этого ли ты хочешь».

Мне еще не было тридцати. И вот что, как мне казалось, было хуже всего: что больше никто не будет знать меня молодой. Для любого мужчины, которого встречу, я всегда буду как сейчас или старше. Никто не будет сидеть и вспоминать, какая я была юная и хрупкая в восемнадцать, когда сидела у его постели и читала ему в темноте, а внизу звучало пианино, и потом, в двадцать один, как я придерживала на ветру лацкан пальто и придержала язык, когда красивый мужчина назвал меня чужим именем. Мне будет не хватать — и я поняла это только тогда, под взглядом его карих глаз, — того, что неизменно, незаменимо. Я не встречу другого мужчину, который знал бы мою мать, помнил бы ее неукротимые волосы, резкий кентуккский акцент, надтреснутый от гнева голос. Она уже мертва, и никакой мужчина не сможет с ней познакомиться. Этого будет не хватать. Я никогда и нигде не встречу того, кто видел, как я рыдаю от злости и недосыпа в первые месяцы после рождения Сыночка, кто видел его первые шаги или слушал его бессмысленную болтовню. Он уже мальчик. Никто уже не узнает его младенцем. Этого тоже не будет. Я не просто останусь одна в настоящем — я останусь одна и в прошлом, в моих воспоминаниях. Потому что они были частью его, Холланда, моего мужа. И через час эту часть меня отрубят, как хвост. Отныне я буду словно путешественник из дальних земель, где никто не был и о которых никто не слышал, иммигрант из исчезнувшей страны — моей юности.

Нет, Холланд, я этого не хотела. Уже поздно спрашивать, если ты сейчас делаешь именно это. Я не скажу. Хотела я тебя, но не того, каким всегда тебя знала. Не мальчика в комнате, нет, не солдата на пляже, забывшего мое имя.

На этом не проживешь. Когда пришло наводнение и стерло все с лица земли, недостаточно восстановить все как было. Тебя — как ты был. Девушкой я жила в твоей жизни, как женщина в пустом доме, где, по слухам, в стенах замуровано сокровище. Мне довольно было и мечтать о нем, но, когда стены рухнули, когда комнаты засыпало штукатуркой, я не смогла там больше жить. Я не то чтобы жалела, что когда-то рискнула, — для чего еще нужна жизнь? — но я не хотела быть мечтательницей, хранительницей, укрытием. Мир будет меняться, я это чувствовала. Я еще молода. Я буду меняться вместе с ним.

Я не ответила. Вместо этого помыла бокалы, убрала бурбон. Пошла в спальню и тут повернулась и сказала: «Прощай».

Он посмотрел на меня так, словно услышал что-то другое. Я никогда не узнаю, что ему послышалось, не узнаю, потому что он уже умер, а я-то всего лишь хотела сказать: «Спокойной ночи», но в тот момент показалось, что еще минута невысказанности будет для наших жизней лишней. Казалось, что мы сейчас сможем высказать все, о чем не говорили. Что он встанет и скажет: «Сегодня я сбегу с любовником», а я сложу руки на груди и скажу: «Завтра я попробую жить одна», и мы уставимся друг на друга, выбеленные светом из коридора, и казалось возможным, что мы друг друга ударим, что примемся рыдать и бить друг друга за то, что наделали, что брали без спроса — завтраки в молчании, ужины с улыбками, бессчетные часы наших жизней, — не больше и не меньше, чем брак.

Но Холланд не заговорил. Он полез за спичками в нагрудный карман, а затем посмотрел на меня со странным выражением лица. Глаза расширились, а края рта опустились, словно его забыли под дождем, и вопреки всему мне вдруг захотелось подбежать к нему и утешить.

Слышал ли он, что я сказала? Я уже не узнаю. Он просто тихо ответил: «Спокойной ночи», улыбнулся и ушел к себе.

Дверь со щелчком закрылась, я услышала звук замка. Я ушла в свою комнату, пропахшую пролитыми духами, и смотрела, как Лайл лежит на своей овечьей шкуре. Все огни в доме были погашены. И наступила тишина.

В десять пятнадцать я приняла таблетку, она срубила меня, как топор.

Однажды в моем детстве Грин-ривер затопила наш город. На здании суда есть метка с гравировкой «1935», она отмечает уровень воды, поднявшейся выше роста взрослого мужчины. Я помню, что вершины яблонь поднимались из воды, как зеленые острова, а ветки клонились от плавучих плодов. Помню, как напугались родители. Мы сидели в темноте, а мимо неслась вода. А я была маленькая. Я не знала, что это когда-нибудь кончится. Думала — наверное, мы теперь так и будем жить. Вот что мне приснилось под действием той таблетки. Я была в нашем старом доме, с родителями, а вода прибывала и билась о крыльцо, зеленые яблоки проплывали мимо, как планеты. Но в моем сне мы стояли и не знали, что делать. «Заприте окна!» — повторяла я, а они в страхе смотрели на меня и не двигались с места. Старики. А вода поднималась все выше, уже до лодыжек, темная, вязкая. «Что нам делать? — все спрашивали они. — Что нам делать?» Я знала, кто-то когда-то мне сказал. Как выжить в наводнение? То ли надо броситься в воду, сев на что-то плавучее, каждый на своем столе или ящике. То ли надо всем вместе забиться на чердак. Я не могла вспомнить. Одно было правильно, другое категорически неправильно. Словно в школе на контрольной, от которой зависит все. А вода все прибывала. «Что нам делать?» — взмолилась мама. И тут я вспомнила. Я сказала ей, и во сне, как только я ей сказала и ее старое лицо расплылось в улыбке, — почему-то я услышала, как говорю, очень четко, словно бы и не во сне: «Как я могла настолько неправильно все понять?»

———————

Наутро меня разбудил львиный рык — рядом был зоопарк. Я долго лежала в постели. Господи, думала я. На потолке менялся свет, словно переворачивались страницы в книге, белые, неисписанные страницы. Думаю, я все еще была под действием таблетки. Но все было тихим и ясным, как стекло, и я откуда-то знала, что если шевельнусь, то разобью его, и оно рассыплется вокруг яркими осколками. Так что я лежала как можно тише, словно в детской игре, и ждала подходящего момента, чтобы вскрыть новый день.

Господи, думала я в утренней сонной путанице мыслей. Как я могла понять все так неправильно?

Помню, окно отбрасывало синеватый квадрат солнечного света, клетку, в угол комнаты, и я представляла, как он ползет по полу, по кровати, по подушке, так и ползет весь первый день моей одинокой жизни. Тишина. Словно вся пыль от движения жизни осела много лет назад. Ниоткуда ни звука, ни звука из той, другой комнаты, где, как я представляла, не осталось ни галстука, ни ботинка из тех, что я ему покупала. Я рисовала ее в воображении зеркалом моей спальни: вся комната белая, в углу груда постельного белья, а пепельница полна окурков после ночи сборов, разговоров и загрузки в машину целой жизни. Может быть, он сидел там один и плакал. Не знаю. Но как не плакать? Как не жалеть о том, что с самого начала не сделал все немножко лучше?

А перед домом, снаружи, я представляла пустое место, где от новой машины Базза осталось только масляное пятно. Я видела, как машина карабкается в гору в глубоком тихом тумане, затем поворачивает на Маркет-стрит, как они курят сигареты из одной пачки, и кто-то — наверное, мой муж — спрашивает у другого огня. Затем дальше, через мост, и, когда они въехали в Окленд, туман стал постепенно подниматься, а где же они могут быть сейчас? Трейси. Ливермор. Атламонт. Где-то среди ферм, где солнце разбивается о поверхность озера, как о лист стекла, а вокруг, насколько хватает глаз, зелень.

Залаяла собака. Снаружи послышалось звяканье бутылок на крыльце. Новый продавец сельтерской. Старый-то вернулся с войны калекой. Все, хватит.

Я села, надела халат и пошла через холл. Голова после таблетки была в тумане, внутрь словно ваты напихали. Дверь к Холланду была открыта, и я увидела кусочек того, что воображала: аккуратно застеленную постель. Штора поднята, передо мной было чистое небо. Значит, они уехали.

Я пошла в комнату сына и обнаружила его полностью завернутым в одеяло — миг паники, страха, что, как в кино про побег из тюрьмы, на кровати лежат подушки вместо мальчика... потом из-под покрывал выскользнула голая пятка, и я успокоилась. Я разбудила его так же, как во все другие дни: «Доброе утро, пряничек», поцеловала каждый глаз, а он сопротивлялся, выставив кулаки у лица, как боксер, когда я поднимала его из постели и ставила на ноги. И погладила его усталый лоб, как делала каждое утро.

Чувствовалось, что их нет. Это было очень прозаично: свет, оставленный в гостиной, подушка, зачем-то брошенная на пол, стакан бурбона, пролитый и оставленный на столе. Должно быть, они уезжали в спешке, подумала я, взяла полотенце (заляпанное красным) и стала промакивать алкоголь, пока рука не почувствовала холод. Я почти чуяла запах кофе. Сыночек зашумел в спальне, птицы зашумели во дворе. Я подняла шторы — светлый бессолнечный день! — и пальцы винограда высунулись из водосточной трубы, словно готовясь по моей команде поднять крышу дома.

Ты это все-таки сделал, подумала я. Ты меня бросил. И вопреки всему, что я планировала и что пережила, всем прогулкам по туманной набережной, вопреки боли, которую я тщательно распутывала и отпускала, все равно — поразительно — это воспринималось как камень, брошенный в окно и разбивший все в щепки, и даже записки к нему не прилагалось. Вероломный мужчина. Трус. Я знала, сколько я сама сделала, чтобы подтолкнуть тебя к решению. Хотя это я рассказала твою военную повесть, предложила план твоего соблазнения, выкорчевала девичьи искушения, часами ежедневно репетировала это самое утро, эту минуту, — но я вдруг стала винить тебя. Неужели так плохо было здесь со мной? С Сыночком? Неужели жизнь была так печальна, Холланд, а надежда так слаба, что нельзя было выкопать из-под пепла хоть уголек, последнюю искру и разжечь новый огонь? Я была готова к одиночеству — даже к свободе, — но не была готова к этому: к покинутости. Я прятала этот факт в комнатке внутри себя и не поднимала штор, чтобы его не видеть. Теперь он был на виду, и я заплакала. Не только о том, что я была готова потерять, — о годах, не только о том, что я наделала. Но в конечном счете о том, что наделал ты. Мы хотим думать, что льнем к людям, которые пытаются уйти, цепляемся за них, как репьи, чтобы они остались. Мы должны оставаться ради друг друга, пришла мне абсурдная мысль. Должны. Зачем же еще все разговоры, и любовь, и доброта?

И вновь мысль, с которой я проснулась: неужели я ошибалась насчет всего? Того, что ты пытался мне сказать. Неужели все было наоборот, как в комнате смеха? Страх на твоем лице, когда ты шагнул в тот круг света и увидел меня рядом с Баззом Драмером, с реликтом, возможно, остывшей любви. Осторожную речь, которую ты приготовил перед тем, как завыли сирены воздушной тревоги. Тот вечер в «Роуз боул», когда ты танцевал со мной так, словно хотел охмурить. И взгляд вчера в холле, спокойный взгляд мужчины, который принял решение. Может быть, я все же не понимала тебя. Чего ты хотел? Сказал ли ты мне об этом хоть раз?

Я не боролась за тебя с Баззом. Я не знала как и в конце концов отказалась даже от мысли. И все же утром, неподвижно лежа в постели, я подумала — глупо, безумно: а вдруг ты не ушел? Безрассудная мысль. Будто, Холланд, после всего ты мог остаться. Человека не судят по его словам. Его судят по делам. Над чем я плакала тем утром? Свет был прекрасен, передо мной лежало богатство и новая жизнь, на кухне смеялся сын. Над фантазией, над глупой фантазией: что, даже когда прозвенел последний звонок, ты все-таки за меня боролся. Плакала, чтобы раз и навсегда понять, что нет.

Я взяла себя в руки. Мысленно закрыла дверь, ведущую в тот одинокий холл. Я открою ее позже, когда буду одна. Но в то утро мне надо было заниматься ребенком, объяснять ему все и начинать жить. Я привела комнату в порядок после Лайла, который прибежал и обнюхал все, что осталось от любовников: подушку, стол, полотенце. Я моргала, глядя на окутанное туманом солнце и на бестолковые вишни на обочине, которые всегда цветут невовремя. Окно припаркованной машины с включенным двигателем и горящими рубином огнями опустилось, открыв глядящую на меня брюнетку. Через секунду ее уже не было. Я услышала, что Сыночек на кухне просит молока. Начала прибирать комнату, взяла полотенце и стакан.

Я прошла по коридору в кухню. Когда завернула за угол, увидела, что на меня радостно смотрит сын.

— Привет, мам. Лайл не вылезает.

Я на секунду замерла.

— Солнышко?

Он держал в руке стакан молока.

— Сюда, Лайл! Он не выходит, мам. Он под столом.

— Солнышко, где ты это взял?

Он сказал, что папа дал.

— В каком смысле?

Сын озадаченно на меня посмотрел и отвернулся. Следя за его взглядом, я заглянула в комнату, и мое сердце остановилось. Кубик сахара. Ибо там, над его утренней кофейной чашкой, побитой и треснутой, я увидела осторожную улыбку на лице мужа.

———————

Говорят, существует множество миров для множества наших решений. В одном из них мой муж вышел из нашего дома в темноту, сел в ту машину и был навсегда увезен из прежней жизни. И поехал через всю страну в «деСото», с каждым новым горизонтом понемногу забывая то, что оставил позади, понемногу прощая мне то, что я взяла взамен. В том мире он снял квартиру в Нью-Йорке и жил в ней с любовником, глядя на город, словно на спущенную вниз люстру, зимой они стучали по паровым трубам, добиваясь тепла, а летом открывали окна, чтобы подышать. Они ссорились, мирились и всю жизнь любили друг друга. Письма сыну, приезды в гости, звонки и фотографии по почте. В нем Перли Кук вырастила сына на пятистах акрах, к северу от Сан-Франциско, отправила его в Гарвард и поплыла на корабле во все те места, о которых читала в книгах. В нем это история Базза, история его любви, развернувшаяся где-то там.

Но я знаю только этот мир. В нем я жила в своем доме, с сыном, мужем и долгами. В этом мире однажды ночью к нам приехал мужчина и подрался с моим мужем — по-настоящему, на кулаках, — и на этот раз нос сломали мужу, на полотенце была его кровь, и потом этот мужчина уехал и больше не вернулся. В этом мире в ту летнюю ночь мой муж дрался и выстоял. И остался не из страха, упрямства или от растерянности, а ради единственной страсти, вопреки всему. Это моя история. В которой он остался ради меня. Что можно понять о любви?

———————

Все важные моменты моей жизни прошли в том заплетенном лозами доме. Всего год спустя в той гостиной жужжащее радио сообщило нам о десегрегации Юга, о том, что чернокожие бойкотируют автобусы в Монтгомери, что люди повсюду проводят марши, потому что сыты по горло. Новости слетали с его уст в форме лиры, словно с губ оракула. Оно рассказало о том, как сенатор Маккарти был унижен перед военным Подкомитетом, а позже — о его смерти. Мир вокруг нас менялся, и здесь, на берегу океана, мы чувствовали это, как чувствует движение кнута самый его кончик. В том коридоре я открыла письмо и узнала, что мой сын получил стипендию для учебы в колледже, в далеком Нью-Йорке. Там же я обняла его на прощание, а потом упала на грудь мужу и заплакала. А после его выпуска за этим кухонным столом я вынула армейскую повестку Сыночка из казенного конверта. Я держала ее в руках и дивилась тому, как все идет по кругу. Мальчики не хотят умирать, матери не хотят их терять. Я взяла ржавую кнопку и приколола повестку к стене, а потом позвала сына и сказала ему, что делать.

Это история о мужчинах, не идущих на войну, история о других битвах. Сыночек не пошел на войну, но он сражался. Он сражался в университете, яростно, он пытался перекричать войну, пытался сжечь ее. Когда взорвалась бомба, обвинили его группу, хотя я не верю, что он имел к этому отношение, его «группировка» была не более чем компанией ребят, убежденных, что все это должно рухнуть, а один или двое из них зашли слишком далеко. Он убежал в Канаду и долго там жил, пока Картер не позвал всех призывников-уклонистов домой, и Сыночек — теперь Уолтер — вернулся и привез с собой высокую, тощую китаянку с пышной завивкой. Беременную. И начались битвы с Холландом.

— Вы с мамой не понимаете, что я пережил! — сказал мой сын.

Холланд качал головой, не глядя на него.

— Вы никогда не жили в плохое время! Никогда ни за что не боролись!

Я сказала: «Хватит». Я не могла рассказать, как шесть безумных месяцев его отец боролся за меня. Сказала только, что он был на войне. Это не произвело на сына никакого впечатления, и тощей девушке нечего было сказать, она стояла, положив руку на живот, и разглядывала сломанные каминные часы. Через неделю она исчезла вместе с внуком, которого я так никогда и не увидела.

Сыночек уехал в Нью-Йорк, звонил мне почти каждую неделю, и о том, что он и его девушка Люси поженились, я услышала в том же доме, сидя в кресле, заменившем старый обветшавший телефонный столик. Я в волнении сказала об этом Холланду, он усмехнулся, я восприняла это как сигнал и тоже засмеялась. Над пропастью, разделившей нас и сына, над пылкостью юношей, а также девушек, и над вечной жаждой любви. В это окно я видела, как ирландские лица соседей сменились филиппинскими и китайскими, теплыми ночами из дворов стала доноситься иностранная музыка, а из-за обшарпанных песком заборов к нам проникали заморские запахи. В этом холле я слышала дребезжание последней молочной бутылки на моем крыльце. И сюда, на этот стол, я уронила сумочку, вернувшись из больницы в ту ночь, когда умер Холланд. Почки пошли на него войной, ожесточились, отказались работать, словно слуги, вдруг доставшие ножи. Последние дни он провел в больнице на волнах морфия, и врачи уверяли меня, что ему не больно. Он с умиротворенным видом обводил глазами последнюю спальню своей жизни. Без боли. Он только раз упомянул ту ночь в далеком прошлом, и то вскользь, те шесть месяцев среди долгих лет брака стали маленьким фрагментом большой фрески. Сыночек прилетел из Нью-Йорка на похороны и жил в комнате отца, потому что детскую мы отдали под шитье и кладовку. Думаю, на него это произвело большое впечатление — спать в бывшей постели отца, в комнате, где в шкафу еще стоят его туфли. Мы несколько дней разбирали вещи, и в конце концов я поручила все сыну. Какой-то мужчина приходил подписать бумаги о донорстве органов. Было очень странно это делать, но, видимо, муж распорядился об этом очень давно. Потом мне сообщили, что у Холланда оказалось редкое сердце. Редкое. Да ведь других и не бывает.

Его похоронили в Колме с военными почестями, и некоторые старые друзья из Сансета, например соседка Эдит, пришли отдать дань уважения. Из родственников, кроме Сыночка, была Беатрис, оставшаяся тетя, она печальноцарственно сидела в каталке в своем парике. Ее левая рука тряслась как осина. Интересно, чем была вызвана тихая улыбка на ее лице. Я думала — помнит ли она, как сказала мне не выходить за него? Несмотря на их ссоры, Сыночек горько оплакивал отца, и я, держа его за руку во время речи священника, не могла скрыть безнадежных слез.

———————

Спустя много лет внук позвонил мне в мою новую квартиру. Десятки лет назад я сначала услышала бы телефониста, объявляющего: «Междугородный звонок, не вешайте трубку». Тогда мне было уже за семьдесят. Впервые я осознала свой возраст, когда примерила в Сан-Франциско шарф и сказала, что он ярковат для такой старухи, как я. Я ждала, что продавец мне возразит, но он не стал, и я наконец увидела, кто я теперь. Старуха. Признаюсь, я засмеялась в голос.

— Бабуль?

— Перри, у тебя прошла простуда?

— Теперь заболел Олив, — объявил он, имея в виду своего плюшевого мишку, который был для него так же реален, как мама или я. Или так же воображаем. — Сильно.

Мы немного поговорили о мишке и о его маме, а потом в трубке послышалось какое-то бормотание, и трубку взял сын:

— Мам, я приеду на следующей неделе. На конференцию об НПО и спонсорах.

Он теперь был президентом большой благотворительной организации в Нью-Йорке.

— Ты привезешь Люси и Перри?

— Нет, слишком хлопотно.

— Тогда я приготовлю гостевую, — начала я. Я уже давно переехала из дома Куков в Сансете в другой район, где всё доставляли на дом. В точности как в старину были хлебный фургон, торговка яйцами, молочник и разносчик сельтерской. Странно, как прошлое возвращается в других одеждах, притворяясь незнакомцем.

— О... — сказал он и замялся. — Для меня снимают номер в отеле. Там будут все встречи, мама.

— Конечно. — Я ощетинилась на слово «мама», которое подразумевало долг.

— Может, ты навестишь меня там? Можем позавтракать двенадцатого.

— С радостью.

— В «Сент-Фрэнсис».

— Я проветрю свое приличное платье, — сказала я, и он рассмеялся. Люси взяла трубку на минутку, рассказать мне о каком-то возмутительном случае, о котором прочла в газете, я тоже пришла в ярость, и мы немного поболтали, исполнившись самодовольного гнева. Она была белой девушкой, беспощадной к грехам своей расы. Она мне очень нравилась.

Я приехала в центр на трамвае сильно заранее, потому что давно перестала туда ездить, и стояла напротив «Сент-Фрэнсис», оглядывая Юнион-сквер. Ее уютно обступили высокие здания, расцвеченные вывесками магазинов, которые пришли из Нью-Йорка и Европы, чтобы присвоить себе вид на площадь. Мимо прозвенел, направляясь в гору, один из последних вагонов канатной дороги. Люди, сидя на ступенях, пили кофе и ели плюшки из пакетов, глядя на уличного артиста: мальчика, который выкрасил себя золотом. От прежней площади не осталось ничего, кроме колонны в центре с бронзовой женщиной наверху, поставленной в честь победы Дьюи в Тихом океане. С этого ракурса я могла видеть старый буфет и представила, что смотрю на себя в окне сквозь трещину во времени, и две пожилые женщины дают мне совет перед свадьбой: «Не выходи за него!» Круг замкнулся. Потому что та молодая женщина, разумеется, возьмет у официанта поповер, кивнет и улыбнется. И все равно выйдет на за него.

Сыночек, щегольски одетый в костюм с галстуком, робко иронизировал по поводу своего возвращения на родину, сидя с мамой за бокалом шампанского. «И не скажешь, что я когда-то взорвал почту», — пошутил он. Я сказала, что он никогда ничего не взрывал, а он пожал плечами. Мы сидели в ресторане отеля, расположенном чуть выше вестибюля, от которого он был отделен только парой пальм и коротким лестничным пролетом. По ту сторону от лифтов и кожаных кресел был виден главный вход в отель, а у нас за спиной другая стеклянная дверь выходила из ресторана на улицу, где под ярким солнцем текла городская жизнь. Я сообщила официантке, что мой сын — важный человек на конференции, и он закрыл лицо салфеткой. Чтобы скрыть радость от собственного успеха. Он знал, как я им горжусь. Как только официантка ушла, он наклонился вперед и спросил:

— Мама, кто такой Чарльз Драмер?

Я села прямо и принялась крутить в руках салфетку, пытаясь унять поднимающуюся волну жара. Я сделала долгий глубокий вдох. Женщина напротив засмеялась.

— Точно, — сказала я. — Его звали Чарльз. Ты его не помнишь?

— Белого гостя в нашем доме? Такое я бы точно запомнил.

— Ну...

— Он тайна из твоего прошлого?

— Я не знаю, о чем ты.

Я старалась выглядеть очень спокойной.

— Еще бы! На той неделе я был на приеме, посвященном этой конференции. У меня было небольшое выступление о жилищном строительстве, и там ко мне подошел мужчина и спросил, не сын ли я Холланда и Перли Кук. О себе он ничего не сказал. Я ответил, мол, да, а он вручил мне конверт. Должно быть, он написал это, пока я выступал. Вот.

Он достал кремовый почтовый конверт, на котором дрожащей рукой печатными буквами было написано мое имя.

— Я потом узнал, что он крупный спонсор, и обрадовался, что был с ним вежлив.

— Конечно, ты был вежлив, — сказала я, беря конверт.

— Я прочел, — с улыбкой признался Сыночек. — Там написано только, что он хочет встретиться с тобой здесь в вестибюле.

Моя рука задрожала, и столовый прибор упал на пол с оглушительным звоном. Сын сказал, что все в порядке, он поднимет, и посмотрел на меня с тревогой.

— Мама, все хорошо?

— Он здесь? — Я открыла конверт.

— Конечно здесь. Прием был для подготовки к этой конференции.

«Я бы хотел тебя увидеть... Я буду в вестибюле "Сент-Фрэнсис" в десять тридцать». Было почти десять.

— Мне надо уйти, — прошептала я, но сын посмотрел на меня сердито — еду только принесли.

— Кто он такой, мам? Тебе не обязательно так пугаться. Папа умер, сегодня всем все равно. Ты была молода. Могу догадаться, что там у вас происходило.

— Не глупи.

Он наклонился ко мне.

— Это ради него ты чуть было все не бросила?

Резко:

— Папа тебе что-то говорил?

Сыночек улыбнулся.

— Я бы не удивился, если бы узнал, что у тебя когда-то был мужчина...

Я редко вспоминала о нем все это время. А если вспоминала, то думала с отдаленной приязнью, как о друге детства. У меня не было фотографий, он полностью пропал из нашей жизни. Конечно, Сыночек не помнит человека, который ходил к нам полгода, когда ему было четыре, в то лето, когда сбежал Лайл. Я осталась единственным живым свидетелем, я словно бы придумала Базза. Из нескольких газетных заметок, которые добрались ко мне спустя годы, я узнала, что он жил в Нью-Йорке, так что этот город стал вроде как его городом. Вечеринка, напитки на рояле, балкон с роскошным видом, известный мужчина в углу, скандально известная женщина в лифте. И новый любовник, опирающийся вместе с Баззом на перила балкона. В моем воображении он в конце концов нашел свое счастье. Должен был. Как удивительно, что он снова оживает, там, в номере отеля, уже поправляет галстук перед зеркалом, и если он сейчас выйдет из одного из тех лифтов, то это будет так, словно персонаж сошел со страниц старой потрепанной книги.

— Да, — тихо сказала я. — Это был он.

— Ага! Расскажи мне о своем старом любовнике...

— Как он выглядел?

— Ты увиливаешь! Нормально, в меру счастливым. Сейчас сама увидишь.

Принесли счет, он сообщил номер своей комнаты и встал.

— Может, мне остаться?

Ему очень хотелось побывать в моем прошлом.

— Нет, поднимайся.

Я оглядела себя, свое старое платье в цветочек.

— Я не могу встречаться с ним в таком виде.

— Это неважно, мам. Он уже старый.

Тем самым мне дали понять, что это я старая и что тщеславие мне уже давно не пристало.

Я осталась одна за столиком с остатками нашего завтрака и дежурной вазой нарциссов, высоко поднимавших свои раструбы. Смешливая женщина и ее спутник покидали ресторан, выходя на улицу через стеклянную дверь, но на другом конце зала ступени спускались в вестибюль, где расставленные парами кожаные кресла напоминали о старомодных свиданиях, а не о деловых встречах, на которые они были обречены сейчас. Интересно, подумала я, как это видится сыну. Запретные страсти былых времен, оковы трагической эпохи. Будто его время идеальное, и в своих решениях он был абсолютно свободен, и ни о чем ни капельки не жалеет, будто у него нет незаконнорожденного ребенка, который в эту самую минуту, может быть, осуждает его за выбор, сделанный якобы в другую эпоху. Ему уже за пятьдесят. Уже и его поколение уступает дорогу следующему.

Мои мысли блуждали. Затем в одном из кресел вестибюля, стоящем ко мне спинкой, я увидела мужчину с аккуратно разделенными на пробор белыми волосами. Должно быть, он пришел только что. Высокий мужчина в дорогом сером костюме наклонился к цветочной композиции. Куда так заторопилось мое сердце?

Холланд упомянул его имя всего однажды. Мы были на мемориальном сборе средств, который устраивала в своем доме успешная чернокожая женщина. Дело было в 80-х, в Сосалито, на том берегу залива, недалеко от места, где раньше был «Роуз боул». Дом стоял высоко на холме и глядел на воду и темные очертания острова Эйнджел. Вид не загораживали никакие дома: роща ниже по склону тоже принадлежала хозяйке. При всем при том вечеринка была неформальная и без больших претензий, не очень солидная и не особо буйная — в конце концов, ее целью было основать мемориальную стипендию, — так что, когда пришла пора уходить, я удивилась, что Холланд отдал мне ключи от машины и сказал, что не может вести. Только тогда я поняла, что он пьян.

Он стоял на садовой дорожке среди благоухающих тубероз, опершись на ворота и любуясь видом. В лунном свете его силуэт в неполные шестьдесят был неотличим от юношеского. Возраст не отнял его обаяния, его красоты, а дал ему патину, как старой бронзе. Я заметила особый слепой взгляд, свойственный старикам, которые стоят и смотрят на дерево или дом, не видя их. Простое переживание воспоминания.

— Прости, — сказал он, хватаясь за ворота, чтобы устоять. Я гадала, сколько шампанского он выпил и заметил ли это кто-нибудь еще. Мыслями я была все еще на вечеринке, с очаровательной пухлой хозяйкой, бизнесменами и их женами, и волновалась, что они подумают о нас, Куках. С невидимого парохода донесся колокол.

— Все нормально, ты хорошо провел время. Я не заметила, что ты выпил.

— Нет, — сказал он, качая головой. — Прости, что я не смог.

Я не поняла, что он имеет в виду.

Он обвел рукой дом и вид от него, и его жест охватил туберозы, дорожку, луну и темный остров, лежащий впереди.

— Я не смог дать тебе все это.

Я засмеялась.

— Ну конечно, не смог! Давай садиться...

— Я должен был! — заявил он, моргая. — Должен был позволить ему дать это все тебе! — Затем покачал головой. — Но я не смог. Прости. Я знаю, что ты этого хотела.

И тут ни с того ни с сего, тихо, неожиданно, выстрелив первой согласной и зажужжав последней, мой муж произнес имя, которое я не слышала тридцать лет.

Ни один из нас не шевельнулся: он смотрел на воду, а я смотрела на него. Мы вели себя тихо, как родители возле спящего ребенка. Шум вечеринки заглушали цветущие кусты, а из открытого окна плыл звук фортепьяно. Я смотрела на мужа, а он слушал.

— Я не хотела этого.

Он медленно повернулся, и его лицо меня удивило. Оно застыло в изумлении. Ну разумеется. После всех наших лет и всех моих стараний понять его я представляла из себя бо́льшую тайну. Непостижимая Перли Кук. Как было понять девочку, сидевшую с ним в темной комнате в доме его матери, которая нашла его на пляже, которая резала его газету и купила молчаливую собаку и звонок, который не звонил, а ворковал. Перчатку с птицей в руке. Сколько загадок! Вся интермедия с момента, когда он увидел меня с Баззом в той гостиной, и до той ночи, когда я сидела рядом с ним у приемника, а он взглядом спрашивал меня, чего я хочу, а я не сказала ничего, чтобы его остановить. Он сидел со стаканом бурбона, в котором дрожали льдинки. А от меня ни звука, ни возражения. Услышать от первой любви — от девочки, на которую он пялился в школе и держал за руку по дороге в Чилдресс, девушки, ради которой он пошел на преступление, не желая с ней расставаться, — услышать от нее «прощай» и знать, что через час все будет кончено. Какой одинокий час. Как я могла не замечать этого? Все эти годы брака я думала, что изучаю его, но он наблюдал за мной внимательнее, с бóльшим усердием, как старый лозоходец в Кентукки, бредущий по сухой земле с раздвоенной веткой в ожидании знака, указывающего на то, что лежит глубоко внизу. На источник меня. И все эти годы, бедняга, он понимал меня неправильно.

— Все было ради тебя, — тихо сказала я. — Я была уверена, что этого хочешь ты.

Мы думаем, что знаем тех, кого любим.

В его глазах я увидела, как разрешаются многолетние сомнения.

— Нет, — сказал он наконец. — Я этого не хотел.

Мы стояли там, в теплом аромате сада, над нами проплывала музыка. Вокруг простирались черная вода, еще более черный остров и годы непонимания и сомнений. Мы стояли, глядя друг на друга, очень долго. Будет еще много таких вечеров, когда луна сходит с деревьев и мост придерживает туман, словно занавес. Прекрасных вечеров, в которые Холланд, освещенный луной, будет смотреть на меня. Будут еще вечеринки, выпивка и блуждание в поисках машины, будут еще цветы, еще пароходы и колокола, еще смерти. Еще, еще и еще, пока его почки не восстанут против него. И я, вдова, буду решать, что написать на его надгробии: что он был верным, порядочным и воевал за свою страну. Это то, что написал бы для вас Холланд, это я и заказала каменщику. Только это. И, придя на его могилу, вы бы ушли, решив, что там одна мертвая земля без единого цветка. Вы ни за что бы не догадались.

— Возьми меня под руку, — сказала я наконец, и он оперся на меня, и я повела его к воротам. Все будет еще. Но мы больше никогда не заговорим о прошлом. Мы закрыли его, как дом, слишком большой и продуваемый для стариков, и жили вместо него в маленькой теплой квартирке, созданной нашим браком.

— Сюда, — сказала я, и он пошел за мной.

Вестибюль отеля, мужчина в кресле: в эту секунду это был старый друг, в следующую — уже нет. Искалеченная рука вытягивает из вазы цветок — или нет, игра света. Сквозь хлопающую дверь были видны цветущие деревья гинкго и серебряный воздушный шар в ветвях одного из них, за ним тянулся молодой человек в шляпе, а девушка нетерпеливо за ним наблюдала. Я оглянулась — мужчина в сером костюме все еще ждал. Это был он. Я встала со своего стула.

Очень глупо со стороны Базза было думать, что прежнюю любовь можно вернуть такой же, как была. Это похоже на чувство, когда просыпаешься ночью от прекрасного сна. Стараешься втиснуться обратно в тот же сон. Убеждаешь себя, что это возможно: закрыть глаза, вспомнить, где ты остановился: кусты роз, пикник, давно умершая мать. И ты засыпаешь, ныряешь в сон — но никогда, никогда не попадаешь в тот же самый. Он ушел навсегда. И как нельзя вернуться в сон, от которого проснулся, так нельзя и воскресить старую любовь.

Старая любовь, старый друг. Мужчина в кресле — как мало я знала о его жизни. Богатый житель Нью-Йорка, политический спонсор, сидит в комнате, набитой хорошо одетыми людьми, смеется, а на колене лежит рука любовника, незаметно его поглаживая. В то время он явно обо мне не думал — кругом было столько людей, тревог, болезней и смертей. И я о нем тоже не думала. А теперь все должно воскреснуть.

Некоторые пытаются. Это глупость — или это лучшее, на что мы можем потратить жизнь? Пытаться?

Я спущусь по этим трем ступеням и подойду к креслу. Я выжду пару секунд, успокаиваясь, почувствую, как время странным образом сокращается. Как бьется сердце. Затем я покажусь ему — *привет, Базз*, — и он встанет в изумлении — *ты смотри!* — и мы рассмеемся над тем, как годы изменили нас и всё вокруг нас, и вот мы здесь, как и множество путешественников до нас, смеемся, встретившись вдали от дома, в этом самом вестибюле, в этих самых потертых кожаных креслах.

Мы обнимемся и станем говорить о нашей теперешней жизни, в меру счастливой. Слегка сломанный нос, все еще сияющие сапфировые глаза, его рука, лежащая на моей. И затем мы заговорим о прошлом. *Сыночек, конечно, сказал тебе, что Холланд умер.* Старая рана, осколок шрапнели, шевельнется в нас обоих. Старую дверь, давно заложенную кирпичом и заштукатуренную, снова откроют. Вот другая жизнь, и мы оба будем смотреть на нее и водить руками по поверхности, пока не наткнемся на край.

И мы наконец придем к истинной цели его записки. Уверена: увидев фамилию моего сына на том приеме, старик Базз изумился и пришел в восторг, конечно же, он решил, что в его возрасте такой шанс нельзя упустить. Мальчик, теперь уже мужчина средних лет, его не вспомнил. Невинная беседа, безобидные вопросы о прошлом, а затем записка — прыжок очертя голову. Уверена, он с удовольствием представлял, как увидится со мной, старой сообщницей по проваленной миссии, просто чтобы еще раз погрузиться в это воспоминание и на этот раз достичь дна. Но он проделал такой путь не ради того, чтобы просто повидаться. Он приехал, я знала, чтобы разрешить старый вопрос. Вот он сидит передо мной, улыбается, его здоровая рука трясется, старость сделала его почти неузнаваемым. Но я не могла дать ему ответ. Я не могла сказать, что в конечном счете меня он любил сильнее. Это было бы жестоко, и вообще-то было бы неправдой. Вот он подался вперед, цепко глядя на меня своими синими глазами: «Скажи, Перли, почему Холланд так поступил? Почему он остался?»

Как мне объяснить свое супружество? Тот, кто смотрит на корабль с берега, не может судить о его мореходных качествах, потому что самое главное всегда под водой. Его не видно.

Почему он так поступил? — спрашиваем мы о мужчине, сбежавшем со студенткой. И о девушке, разорвавшей помолвку: почему она? На их стороне были удача, и судьба, и счастье, и по какой-то причине они сорвались в прекрасную пропасть. Не просто ради страсти или красоты, и доказательством тому его тетя Элис, — такие истории случаются сплошь и рядом, а красивы из нас немногие. Это случается и с богатыми, и с бедными. Может, это глупость юности или капризы старости, но перед безумием все равны: пожилой жених вдруг передумает уже в церкви, в присутствии своих немолодых детей, и не может сказать почему. Причины нет. Почему этот старик в кресле много лет назад продал семейное дело, состояние, наследство ради того, чтобы быть с одним мужчиной. Почему мой муж в последний момент нарушил обещание и упустил эту возможность. Никто бы не смог догадаться. Причины нет. Мы не знаем, и никто не знает, пока на нас наконец не сойдет сумасшедшее прозрение: шансы малы, и мы скоро умрем. Узы обязательств исчезают. Хватай счастье, пока можешь, хватай любовь, если дотянешься. Для Базза любовью был Холланд. Для Холланда — Сыночек и я. Это не безумие. Возможно, это единственное поэтическое деяние в заурядной жизни.

«В меру счастлив», — сказал мой сын.

Я долго сидела за столиком. Люди приходили и уходили, но старик все ждал в своем кресле. Краем глаза я видела, как серебряный шар спустился ниже, и молодой человек стал за ним прыгать. Девушка хлопала каждый раз, как он безрезультатно подпрыгивал — раз, другой, — с протянутыми к небу руками. А затем, уронив шляпу, он его поймал. Он стащил его вниз. Он со смехом вручил его девушке. И тут, словно именно этого сигнала я ждала, я встала, пошла к двери и шагнула в удивительный день.

Литературно-художественное издание
Серия BRAVE NEW WORLD

Эндрю Шон Грир
История одного супружества

18+

Перевод с английского: Анна Савиных

Издатели: Андрей Баев, Алексей Докучаев
Исполнительный директор: Николай Ерюшев
Главный редактор: Сатеник Анастасян
Арт-директор: Максим Балабин
Принт-менеджер: Денис Семенов
Директор по продажам: Павел Иванов
Директор по правам: Яна Казиева
Директор по маркетингу: Ксения Мостовая
PR-менеджер: Варвара Кудлай
СММ: Марина Полякова

Над книгой работали:
Ответственный и литературный редактор: Яна Маркович
Верстальщик: Анна Тарасова
Корректоры: Надежда Власенко, Анна Матвеева

Подписано в печать 21.09.2021.
Формат 60×90 1/16.
Бумага офсетная. Печать офсетная.
Усл. печ. л. 14. Тираж 5000 экз. Заказ № 9220.

Издательство Popcorn Books
www.popcornbooks.me

 Покупайте наши книги в Киоске:
bookmate.store

ООО «ИНДИВИДУУМ ПРИНТ»
Юридический адрес: 107014, г. Москва,
ул. 1-я Боевская, д. 2/21, стр. 4, пом. III, ком. 2

Отпечатано с готовых файлов заказчика
в АО «Первая Образцовая типография»,
филиал «УЛЬЯНОВСКИЙ ДОМ ПЕЧАТИ»
432980, Россия, г. Ульяновск, ул. Гончарова, 14.